JN054177

集英社オレンジ文庫

威風堂々悪女 13

白洲　梓

本書は書き下ろしです。

威風堂々悪女 13

もくじ

威風堂々悪女 13

一章

瑞燕国皇宮《ずいえんこくこうぐう》の、奥。

住人を失った後宮《こうきゅう》は、往時《おうじ》の絢爛《けんらん》たる華やぎが嘘のように静まり返っている。

扉は締めきられ、門は閉じられ――女たちの軽やかな笑い声も、春風にそよいだ百花繚乱《ひゃっかりょうらん》の襦裙《じゅくん》も、皇帝の心を惑《まど》わそうと薫き染《たし》められた香も、今は跡形もなく消え去りその面影《おもかげ》すら見出《みいだ》すことができない。

そんな後宮の一角に、背の高い楠《くすのき》が立っていた。

太く大きな幹はどっしりと大地に根を張り、空に向かって幾重《いくえ》にも伸ばした枝には青々とした葉がこんもりと茂っている。その合間には大きな鳥の巣が作られていたが、下から見上げても葉に覆《おお》われているため、誰の目にも留《と》まることはない。

どこからともなく現れた漆黒《しっこく》の烏《からす》が、この巣に向けてゆっくりと降下していく。

羽を休めた小舜《しょうしゅん》は、じっと中を覗《のぞ》き込んだ。

中には雛《ひな》――ではなく、ありとあらゆるきらきらとしたものが重なり合っていた。

誰かが落とした耳飾り、開け放たれた宝石箱から掠《かす》め取った指輪、割れて捨てられた鏡の破片。

ここにあるものはすべて、彼の秘密の宝物だ。都の主《あるじ》が移り変わっても、巣の中を侵《おか》す者は誰もいなかったらしい。変わらず輝きを放つお気に入りの品の山を前にして、彼は満足した。

嘴《くちばし》に咥《くわ》えていたものを、巣の中にぽとりと落とす。

つい先ほど池のほとりで拾ったばかりの、新たな宝物。きらきらと煌《きら》めいていて、一目見るなり気に入った。

周囲に敵がいないか、彼の大事な収集品を奪おうとするものはいないか、さっと視線を走らせる。

かぁ、と鳴いて、彼は再び舞い上がった。

太陽の光が、楠の上に燦々《さんさん》と降り注ぐ。

翡翠《ひすい》の簪《かんざし》が、その光を反射してちらりと輝いた。


春の透き通る風が、淡く咲き誇る紫藤花《しとうか》を揺らしている。風はそのまま甘やかな香りを運び、優雅に髪を結い上げた雪媛《せつえん》の項《うなじ》を撫でると、駆けるように吹き過ぎていった。

「雪媛様」

江良《こうりょう》の声に、雪媛はわずかに顔を上げる。

「そろそろ、お戻りになりませんと」

真新しい墓の前に跪《ひざまず》いていた雪媛は、「うん」とだけ返事をして、名残惜《なごりお》しそうに墓標に刻まれた名をなぞった。

白《はく》家の廟《びょう》に据えられた白冠希《かんき》の墓は、穏やかな春の日差しを受け輝いている。

皇帝に毒を盛った大罪人として、その遺骸《いがい》は弔《とむら》うことも許されず野ざらしにされていたというが、碧成《へきせい》が都を追われた際に江良が密《ひそ》かに引き取り、仮の埋葬《まいそう》を行っていた。そしてようやく、雪媛が実権を握って以後、こうして立派な墓を建てることができたのだった。

雪媛はその場で跪き額《ぬか》ずくと、それきりじっと動かず、もう一刻はそのままだった。

重い腰を上げて立ち上がると、雪媛は、

「また来る」

と墓に言葉をかけた。

背後に控えていた江良が、寂《さび》しげな微笑を浮かべる。

「今や朝廷の頂点に立つ雪媛様のお姿に、冠希もさぞ喜んでいるはずです」

「そうだといいが……」

歩き出す雪媛の後に、燗流《かんる》が続いた。

傷も癒《い》え、最近ようやく正式に仙騎軍《せんきぐん》に配属された彼は、雪媛付きの護衛として彼女の傍《そば》に仕《つか》えている。

「青嘉《せいか》たちが、昼には都へ着くと連絡がありました」

江良の報告に、雪媛はわずかに表情を明るくする。

「そうか」

「高葉《こうよう》も、ようやくこれで落ち着きそうです」

瑞燕国《ずいえんこく》内での内乱により、支配下に入っていた旧高葉国領がにわかに騒がしくなったのは昨年のことだ。雪媛が幼帝の摂政《せっしょう》となり初めて年を越したこの冬、高葉国旧臣たちによって組織された反乱軍鎮圧《ちんあつ》のために、青嘉と潼雲《どううん》、瑯《ろう》に軍を預けた。

春になり、乱を平定した彼らがようやく帰ってくる。

その間、雪媛のもとでは新たな朝廷が開かれていた。蘇高易《そこうえき》と薛雀煕《せつじゃくき》も揃《そろ》い、江良と飛《ひ》蓮《れん》も名を連ねている。尚宇《しょうう》はいまだ怪我《けが》が完治せず静養中だが、いずれは重職を任せたいと考えていた。

その中で芙蓉《ふよう》の父である独護堅《どくごけん》は、己《おのれ》が主導権を握ろうと躍起《やっき》である。先帝を裏切り環《かん》王《おう》のもとに拉致《らち》した雨菲《うひ》の父である高易に対し、ほかの臣下たちの目はいまだ厳しく、先帝によって左遷《させん》された雀煕に対しても冷ややかな目を向ける者が多い。雀煕についてはそもそも、足が不自由なことで何かと揶揄《やゆ》する声も陰から聞こえてくる。

ただ、高易も雀熙も、そんなことで潰《つぶ》されるほどやわではないのが頼もしかった。いずれは護堅の勢力も、きっと切り崩してゆくだろう。

内政の道筋は見えてきた。あとは軍事だ、と雪媛は青嘉たちの働きに期待していた。

今回の功績により、青嘉には正式に将軍職を授けるつもりだった。それは、五国統一を果たすための第一歩となる。

「このまま皇宮へ戻られますか？」

「そうだな……」

少し躊躇《ためら》うように考え込んだ雪媛に、察したように江良が尋《たず》ねる。

「柳《りゅう》家へ、寄られますか？　秋海《しゅうかい》様もお待ちかと」

すると雪媛は、浮かない表情で小さく首を横に振る。

「いや、皇宮へ戻ろう」

昨年の末に再会して以来、雪媛は母親と顔を合わせていなかった。

秋海の痛々しい傷を目にすると、己の失敗をまざまざと突きつけられているような気分になる。それは、彼女をひどく焦《あせ》らせた。

（早く――早く、新たな未来を確実にしなくてはならない）

目の前の母を、仲間を、守ることができなかった。

ならばせめて、もう一人の自分――玉瑛《ぎょくえい》を救うことだけは、成し遂《と》げなくてはならない。

（そうでなくては、死んでいった者たち、そしてこれから死んでいく者たちの命を、無為に散らすだけではないか）

久しぶりに戻った皇宮の宿舎で、潼雲は汚れた衣服を脱ぎ捨てた。

都に戻って息つく間もなく、青嘉たちとともに皇帝への復命に赴《おもむ》かなくてはならない。急ぎ身支度を整えながら、椅子の上に置いた包みを手に取った。

中には、ナスリーンの金の髪がひと房《ふさ》。それと、この戦《いくさ》からの帰りに見つけて買い求めた、蒼玉《そうぎょく》の耳飾りが一対《いっつい》。

ナスリーンの瞳のようなこの耳飾りを見つけた時、思わず手に取ってしまった。次に会えるのが、一体いつになるかもわからないのに。

そもそもこの贈り物を、果たして彼女は喜ぶだろうか。

正直なところ、求婚したとして色よい返事がもらえる気がしない。これほど勝ちめの少ない賭けに出ようとする自分に、我ながら内心呆《あき》れていた。

ナスリーンが自分のことをどう思っているかは皆目《かいもく》見当がつかないし――恐らくなんとも思っていないに違いないが――なにより、あれだけシディヴァにべったりなのだ。彼女のもとを離れたくない、と言いだす様が容易に想像できる。

（外堀から埋めるべきか？　まずはシディヴァ様のお許しを得て……）

万が一本人が承諾《しょうだく》したとしても、シディヴァの許しなくして、ナスリーンを瑞燕国へ連れて帰ることなどできようはずもない。その際、草原に君臨する最強の女王から一体どんな試練が課されるか、想像もつかなかった。それこそ狼の巣に身一つで放り込まれて、生き延びれば許してやろうなどという条件を突きつけられるかもしれない。

想像して、ぶるりと身震いする。

（いや、その前にまずユスフ殿を取り込もう。それからタルカン殿にも口添えしてもらえるよう頼めば、シディヴァ様とてそう強硬な姿勢は……うん、よし。それでいこう）

耳飾りを手に取り、窓から差し込む光に透かした。そうしてみると、あの草原で出会った金の髪の少女の姿がありありと思い起こされた。

突然、黒い影がぱっと窓から飛び込んできた。その影が視界を一瞬横切ったかと思うと、手にしていた耳飾りが煙のように消えていた。

「――ああ!?」

慌《あわ》てて室内を見回すと、小舜が椅子にとまって、澄ました顔でこちらを眺めていた。その嘴に咥えられた蒼玉の耳飾りが、ゆらゆらと揺れている。

「か、返せ！」

勢いよく飛びかかった。

そんな潼雲を小舜は悠々と躱《かわ》すと、あざ笑うかのようにすいっと窓から飛びたっていく。

「お、おい！」

潼雲は急いで部屋を飛び出し、後を追った。

しかし空を駆ける鳥の姿は、あっという間に視界から消えてしまった。

「！！！　ああ～～～っ、瑯！　おい、瑯！　どこだ！」

潼雲は喚《わめ》いた。

「なんじゃ？」

ちょうど着替えを終えた瑯が姿を見せると、勢いよく摑みかかる。

「おいっ、小舜はどこへ行った⁉」

「さぁ、そのへんで遊んじゅー思うが」

「俺のものを盗んでいったんだ、あの鳥！　許さんぞ！」

「盗んだ？　何を？」

「……み」

「み？」

「みみ、かざ、り、を……」

耳朶を染めながら視線を彷徨《さまよ》わせ口籠《くちご》もる潼雲に、瑯は得心《とくしん》したように「ああ」と声に出した。

「ナスリーンに買《こ》うたやつか」

「くそっ。躾《しつけ》がなってないぞ、瑯！」

「あいつはきらきらしたものが好きながや。どこぞに隠しちょると思うが」

「飼い主なら責任をもって返せ！」

「飼い主じゃなく、相棒ぜ」

「どっちでもいいから！　相棒ぜ」

するとと瑯は口笛をぴゅうっと吹いた。やがて、どこからともなく小舜が現れて彼の肩にとまる。耳飾りはすでに手放したのか、その嘴には見当たらない。

「おい小舜、どこへやった⁉」

小舜はかぁ、と鳴いた。

「こっちじゃな」

迷いなく歩き始めた瑯に、潼雲は疑いの目を向ける。

「お前まさか本当に、こいつの言葉がわかるのか？」

「飛んできた方向で予想しとるだけじゃ。それに、皇宮でいつも小舜が飛んでいくお気に入りの場所もわかるで、多分そのあたりじゃろ」

瑯の後をついていくと、今は誰も住む者のない後宮へと辿《たど》り着いた。自分たちの足音だけを耳にしながら閑散《かんさん》とした道を通り抜けると、庭園の奥に立つ大きな楠が見えてきた。

その木に近づくにつれ、小舜が警戒するように鳴き始める。

「ここじゃな？」

翼を広げて瑯の肩から舞い上がった小舜は、枝葉の合間に姿を消してしまった。

瑯はひょいと木の幹に飛びつくと、猿のごとくするすると登っていく。器用に枝に足をかけながらほぼ頂上にまで達すると、茂った葉の中に頭を突っ込んで、

「こんなところに溜《た》め込んじょったんか」

と嘆息《たんそく》した。

「あったのか⁉」

ぎゃあぎゃあと小舜が姦《かしま》しく騒いでいる。自分の縄張りを荒らされて怒っているらしい。

髪に葉や枝を盛大に絡《から》ませて下りてきた瑯は、片手に大きな鳥の巣を抱えていて、小舜はそんな彼を思いきり嘴で突《つつ》き回していた。相棒であっても、自分の収集品を奪われるとなると容赦しないらしい。

潼雲は巣の中を覗き込む。

「あった！」

耳飾りを見つけ、急いで取り上げる。傷がついていないかよくよく検分し、無事と見て取ってほっと息をついた。

巣の中にはほかにも、硝子《ガラス》の破片やら指輪やらがごちゃごちゃと重なっていて、どうや

らこの盗人《ぬすっと》による被害者は自分だけではなさそうだった。

　卿は巣を地面に置くと、怒りにまかせて暴れている小舜を両手で押さえつけた。

「諦《あきら》めや。これは潼雲のもんじゃ」

「一体いつからこんなに集めているんだ？　この指輪なんて随分《ずいぶん》と古そうだな。こっちの腕輪はかなり新しいから、探している者がいるかも……」

　潼雲はふと、収集品を漁《あさ》る手を止めた。

「これ……」

　見覚えのある品だった。手に取って、確かめるように日にかざしてみる。

　翡翠の簪だ。

　泥がついて汚れてはいるが、磨けば綺麗に輝くだろう。

「なんじゃ、それも潼雲のか？」

「いや、違う。違うが……」

（青嘉が持っていた簪じゃないか？）

　一度だけ、彼が懐《ふところ》に入れているのを見たことがあったが、前回の高葉戦の時にはすでに手元にないようだった。

（なんだ、あいつも小舜に奪われたのか）

「……これには心当たりがあるから、俺が持ち主に渡しておく」

そう言って潼雲は、簪を丁寧《ていねい》に懐へとしまった。

大慶殿《だいけいでん》の玉座《ぎょくざ》には、幼い少年がちょこんと座っている。

据えられている、と言ったほうが正しいくらい巨大な黄金の玉座に対して小さな身体は、当然足がつかずにぷらぷらしているし、彼に向かってひれ伏す大勢の大人たちにきょとんとした瞳を向けていた。

彼を補佐する摂政として、雪媛はその隣に特別に椅子を用意し、彼と同じ目線で臣下たちを睥睨《へいげい》していた。

その中から玉座の前へと進み出たのは、王家の当主である王《おう》青嘉である。一同の視線は、この青年に集中した。

潼雲と瑯を伴《ともな》い恭《うやうや》しく膝《ひざ》をつくと、朗々とした声で高葉平定の報告を行う。

玉座の少年は雪媛に促《うなが》されて一言、

「たいぎであった」

とつたない口調で労《ねぎら》った。

少年の出番はそれまでと言わんばかりに、雪媛が後を引き継ぐ。妃《きさき》であった頃のしとやかな口調とは異なる涼やかで堂々たる声が、殿内のすみずみまで響き渡る。

「陛下は大層お喜びです。環王の乱で混迷を極めたこの瑞燕国も、陛下のご威光によりようやく静まり、民《たみ》に安寧《あんねい》の時が訪れようとしています。外敵を打ち払い憂《うれ》いを取り除き、また、先々代からの宿望である五国の統一を果たすため、ますますの活躍を期待しています」

「ありがたきお言葉にございます」

公的な場面であるためひどく他人行儀なやりとりではあったが、雪媛の表情の中には青嘉が無事に戻ってほっとした様子がわずかに滲《にじ》んでいた。青嘉もまた、彼女の元気そうな姿に安堵《あんど》する。

秋海と志宝《しほう》を襲った不幸を知って以来、雪媛は時折塞《ふさ》ぎ込むようになり、そんな彼女を残して都を離れることが心配だったが、どうやら杞憂《きゆう》であったようだ。

「論功行賞《ろんこうこうしょう》はまた後日、陛下から――」

雪媛はふと、言葉を止めた。

玉座に収まっていた少年が、気軽な様子でひょいと椅子を飛び下りたのだ。

彼は軽い足取りで階《きざはし》を降ると、その勢いのまま、跪いていた青嘉の腕に向かって飛び込むように抱きついた。

ざわめきが起きる。雪媛も目を瞠《みは》った。

「青嘉、たかいたかい、して！」

青嘉は驚きながら、自分に抱きついた少年を丁寧に引き剝《は》がした。

「陛下、今は――」

「ねぇ、はやく！」

いくつもの視線が、己の背に突き刺さるのを感じる。それは決して、好意的な感情を含むものではなかった。

「王殿は、随分と陛下から気に入られていらっしゃるようですな」

独護堅が含みのある口調で呟《つぶや》いた。独り言のようでいて、その声はそこにいる者たちすべての耳に届いている。

階を降りてきた雪媛が、少年を抱《かか》え上げて優しく微笑んだ。

「陛下。さぁ、お戻りを」

不服そうな少年は、しかし雪媛に逆らってはならないということは幼いながらもすでに感じているようだった。渋々、彼女に促されるままに、玉座へと連れ戻される。

青嘉はほっと胸を撫で下ろした。

仕切り直すように、雪媛が優雅に微笑んだ。

「皆、大儀であった。今宵《こよい》は宴《うたげ》を開く故《ゆえ》、戦の疲れを癒やしてほしい」

「――は」

三人が下がると、雪媛は「蘇大人《たいじん》」と高易を呼んだ。

「此度《こたび》反乱軍を一掃したことで、滞《とどこお》っていた旧高葉領への入植を早急に進めたい。この件はそなたに任せます。すみやかに計画案を示すように」

「承知つかまつりました」

高易の向かい側で、独護堅が不満そうに眉間《みけん》に皺《しわ》を寄せたが、表立って異論を唱えることはなかった。

それにて散会となり、雪媛は眠たくなってきたらしい幼帝とともに、大慶殿を後にした。臣下たちが青嘉に視線を投げかけながら連れ立って退出する中で、飛蓮と江良が青嘉たちに歩み寄ってくる。

「無事でなによりだ、三人とも」

「聞いたぞ潼雲、随分活躍したそうだな」

「ほほう、俺の噂が都にまで鳴り響きましたか、そうですか」

得意顔でにやりとする潼雲に、飛蓮がけらけら笑う。

「俺は芳明《ほうめい》と天祐《てんゆう》のところへ行ってくるき」

瑯がいてもたってもいられない様子で駆けていく。皆その様子を、冷やかしながらも微笑ましく見送った。

瑯は今回の戦に出る前、芳明と婚礼を挙げて正式に夫婦となっていた。新妻《にいづま》を置いて戦地に行くことに最初は不服そうであったが、芳明から叱《しか》りつけられて渋々従軍したのだった。

「それにしても青嘉、お前いつの間に陛下にあんなに懐《なつ》かれたんだ？」

訝《いぶか》しげな江良に、青嘉は肩を竦《すく》めた。

「華陵殿《かりょうでん》の近くを通りかかるたびに、遊びの相手役を務めていたからだろう」

いずれ憺寿《あんじゅ》は、その存在を許されなくなる時がやってくる。

それまでは、せめてよい人生を歩んでほしい。すでに父も母もないあの少年に、自分にできるのは彼の望みのまま相手をしてやることくらいだ。未来で出会った彼のことを考えると、無下《むげ》にすることもできない。

「独護堅が睨《にら》んでいたぞ」

「何故俺が睨まれないといけないんだ」

「やつは平隴公主《へいろうこうしゅ》を、陛下に嫁《とつ》がせるつもりなのさ」

「平隴公主を？」

独芙蓉の娘である平隴公主は、先帝碧成の唯一《ゆいいつ》の遺児であり、独護堅の孫にあたる。

「孫娘を皇后《こうごう》にして、今度こそ実権を自分が握りたいのさ。幼い陛下を取り込もうと必死なところに、あれだけの臣下がいる前で、脇目も振らずお前に抱きつくんだからな。さぞ邪魔なやつだと思われたことだろう」

青嘉は重いため息をつく。

「ただでさえ雪媛様のお気に入りだなんだと、陰でこそこそ言われているんだ。少し気をつけろよ」

「面倒な……」

「お気に入りって――」

「お前がクルムで雪媛様にずっと付き従っていたことも、都攻めの際に全権を預けられていたことも、此度の反乱鎮圧だって雪媛様の一存で征討軍を任されたことも、皆知っているんだ。神女と皇帝、どちらからも寵愛《ちょうあい》を受ける男を僻《ひが》まない者などいないぞ」

青嘉はげんなりした。こういったところが、皇宮のじめじめとした嫌な部分なのだ。

「江良殿と話していたんだが、旧高葉領が平定された今、再び燦国《さんこく》へ行こうと思っているんだ」

飛蓮が言った。

「燦国へ？」

「再び同盟を結ぶべきだと思う。衛国《えいこく》公主が亡くなって、かの国とは縁が切れてしまっているからな。幸い、前回訪れた折に燦国の皇太后《こうたいごう》には気に入られている。俺が使者として赴《おもむ》けば、話を進めやすい」

（燦国の皇太后……）

青嘉は記憶を遡《さかのぼ》る。幼い皇帝の代わりに、燦国を取り仕切っていた女傑《じょけつ》だ。

（だが、確か彼女は……）

　潼雲が頷《うなず》いた。

「ああ、それはもう、あの皇太后は飛蓮殿にメロメロでしたからね。飛蓮殿から申し入れれば一発でしょう」

「雪媛様にお許しをいただければ、すぐに出発するつもりだ。それと、できれば東睿《とうえい》の母親も探してこようと思う」

「東睿の？」

「あの時、最後まで東睿のもとに留《とど》まった公主付きの侍女《じじょ》だ。眉娘《びじょう》が東睿から聞いた話を信じるなら、彼女が東睿の本当の母親らしい。きっと燦国へ戻っているだろうから、消息がわかれば、会わせてやりたい。東睿はあれだけの貢献《こうけん》をしてくれたんだ。恩を返すべきだ」

「そうですね……。東睿は最近、どうしています？」

「金孟《きんもう》殿のところで商《あきな》いを手伝ってるよ。柏林《はくりん》が時折遊びに行っている。商才があると、金孟殿も絶賛しているらしい」

「あの、飛蓮殿」

　青嘉は思わず声を上げた。

「燦国へは……今は、行かぬほうがよいかと」

飛蓮は怪訝《けげん》そうだ。

「何故？」

「ええと……」

燦国の皇太后は、もうすぐ病《やまい》に倒れて命を落とす。

これにより幼い皇帝は後ろ盾《だて》を失い、臣下たちは新たに別の皇帝を擁立《ようりつ》しようと画策《かくさく》し、国が大きく混乱することになるのである。

（今燦国へ行けば、燦国の内紛《ないふん》に飛蓮殿も巻き込まれてしまう。もしも人質として捕らわれるような事態にでもなれば……）

しかしそんなことを説明するわけにもいかず、青嘉はどうしたものかと考え込んだ。

「その……噂を聞いたもので。燦国の皇太后が、どうやら病を患《わずら》っているとか……」

「皇太后が？　本当か？」

「そんな話をどこで？」

「此度の戦の最中《さなか》に……ええと、燦国から来た旅人から」

「そんな話、俺は聞いてないぞ。何故言わなかった」

潼雲が不満そうに声を上げる。

「いや……」

（だめだ、俺ではうまく話を持っていけそうにない）

青嘉同様に未来を知る雪媛なら、今後の燦国の状況についても承知しているはずだ。飛蓮が使者役を申し出ても、きっと止めるに違いない。

（これ以上口を出すべきではないな）

「ともかく、雪媛様のご判断を仰《あお》がれるのがよいでしょう。すべてを見通すお方ですから」

「言われずともそのつもりだが」

いくらか刺《とげ》のある口ぶりで、飛蓮は青嘉に冷ややかな視線を向ける。

クルムにいた頃から飛蓮との間にはなにやら溝《みぞ》を感じていたが、気のせいではなかったらしい。

自分はこうした立ち回りが下手《へた》過ぎる、と反省する。

その時、高易と何事か話し込んでいた雀熙が、一人外へと向かう姿が目に留まった。

「悪い、また後で」

江良たちを残し、青嘉は雀熙を追った。

「雀熙殿」

杖《つえ》を鳴らしながらせっかちに歩いていた雀熙は、立ち止まると少し意外そうな顔をした。

「青嘉殿。どうされた」

「少し、お話しがあるのです。よろしいでしょうか」

「歩きながらでよろしいか。この後、予定が詰まっていましてな」

「もちろん」

足の悪い雀熙は、青嘉が歩く速度を落とす必要もないほどすたすたと進む。彼が足を傷《いた》めたのは、唐智鴻《とうちこう》による謀略《ぼうりやく》であると聞いていた。

（それでも今、これほど立派な方となられている）

その姿に希望を感じながら、青嘉は彼を見つめた。

「それで、話とは？」

「私には、甥《おい》がおります。志宝といって、八歳になります」

珠麗《しゆれい》が都を追放となってからというもの、志宝はひどく塞ぎ込んでいた。

珠麗は病の療養のために遠くへ行くのだと説明したものの、一緒に行きたいと駄々をこね、それが叶《かな》わないと知ると泣いてばかりだった。

青嘉も戦に出てしまい、今では王家に幼い彼が一人取り残されている。天祐が時折訪ねてくれているようだったが、武人としての将来を失い、母とも引き離された志宝に、希望の持てる未来を与えてやりたかった。

「甥は、落馬して足を悪くしました。杖がなくては歩けません。医者は、完治することはないだろうと」

「武門の名家、王家の御曹司《おんぞうし》が足を悪くすれば、難儀なことでしょうな」

「本人も、ひどく落胆しております。私は甥に、生涯家の中に閉じ籠《こ》もり人生を悲嘆《ひたん》するような生活を送らせたくありません。――雀熙殿」

青嘉が立ち止まる。雀熙もまた、足を止めた。

「どうか、甥の師となってはいただけませんでしょうか？」

「私が？」

「残念ながら、甥は武官とはなれないでしょう。ですが足が不自由であっても、雀熙殿のように素晴らしい御仁《ごじん》がいらっしゃることを知れば、希望が持てると思うのです」

「官吏《かんり》になさるおつもりか？」

「それを強要しようとは思いません。ただ、選択肢があることを知り、己の道を見つけてほしいのです」

「甥御のお母上は、珠麗殿でしたな」

雀熙は、珠麗の罪を知っている。

珠麗の件は公《おおやけ》にはされていないが、雪媛は側近であり芙蓉流産事件の捜査責任者であった雀熙には、事の真相をすべて伝えていた。珠麗を都から追放した際にも、雀熙がすべての手配を行っている。

「ええ、そうです」

「此度の戦からお戻りになる途中、密かに珠麗殿を訪ねられたとか」

「…………」

都から追放した後も、珠麗には監視の目がつけられている。その報告はすべて、雀煕のもとに届けられているのだろう。

「ええ」

隠すつもりはなかった。やましいことなど何もない。

「志宝の件で、少し話を。罪人とはいえ、彼女は母親ですから」

「これは、珠麗殿の望んだことですかな?」

「私が考え、義姉《あね》に提案しました。義姉も、もし雀煕殿に師事できるなら是非に、と申しておりました」

雀煕は少し考えるようにして、「ふむ……」と呟く。

「まことに、甥御殿は難儀なお立場でいらっしゃる」

「はい」

「だが、私は忙しい。子どもにかかずり合っている暇《ひま》はない」

「…………」

「うちにも幼い息子がおります。あの子がもし、父を失い、母も失い、私と同じように足を悪くしたらと思うと、私は天を恨みたくなるでしょう」

「……はい」

「甥御が我が家へ、遊びに来られるのは自由でございます。息子はまだよちよち歩きですが、構っていただければ喜びましょう。私が家にいる時であれば、何がしか話をすることもできるかもしれません」

「……！」

青嘉は喜色《きしょく》を浮かべ、拱手《きょうしゅ》の礼を取った。

「ありがとうございます！」

「ところで、珠麗殿を訪ねたこと、雪媛様はあらかじめご存じか？」

「はい？　……いいえ」

「珠麗殿に来訪者があったことを、雪媛様にご報告するつもりはありません。報告の取捨選択は私に任せられておりますし、今回はその必要を感じませんので。ですが、あまり軽はずみな行動はとらぬほうがよろしいでしょう。青嘉殿、あなたはご自分のお立場をもう少しよく考えるべきだ」

「雀熙殿、それはどういう……」

「すまぬが、もう行かなければ。では」

去っていく雀熙の後ろ姿を見つめながら、青嘉は困惑《こんわく》して立ち尽くした。

「──燦国へ？」

雪媛の執務室を訪れた飛蓮の申し出に、雪媛は考え込んだ。

「はい。旧高葉領の平定が相成《あいな》った今、再び燦国と同盟を結ぶべきであると存じます。残念ながら燦国より先帝へと輿《こし》入《い》れされた衛国公主が亡くなられ、かの国との縁が切れてしまっております。朔辰国《さくしんこく》も不穏な動きを見せ始めた今、新たな絆《きずな》が必要です。是非、私をお遣《つか》わしください。前回訪れた折には、燦国の皇太后様より大変目をかけていただきましたので、交渉は難しくないかと」

（燦国の皇太后……）

記憶を巡らせる。

幼い皇帝の代わりに権力を握った燦国の皇太后について、玉瑛の見た史書では女傑と評すものもあり、印象に残っている。今の雪媛も、幼帝を祭り上げてその力の源泉にしているという点では、彼女と通じるところがある。

（確か、そろそろ皇太后の死が近いはず）

その後、燦国は安定せず、やがて瑞燕国に滅ぼされる。現世においてもその機を逃さず攻め込めば、順調に一国を獲《と》ることができるだろう。

「……いや。燦国とはしばらく距離を置きたいと考えている」

飛蓮は驚いたようだった。

「何故ですか？」

「あの国は近々荒れる。今飛蓮が行けば、巻き込まれる可能性がある。そんな危険な場所へは行かせられない」

　飛蓮は困惑した様子で黙り込み、やがて何か思い出したように口を開く。

「もしやそれは、青嘉殿の意見ですか？」

「？　何故ここで青嘉の名が出てくる？」

「先ほど、青嘉殿も同様のことを言っておりました。私の燦国行きに反対のようで……。燦国の皇太后が、病であるとの噂があるとか」

「何？」

　雪媛は首を傾《かし》げた。

「青嘉が？」

「雪媛様、燦国について私も出来得る限り調べてみましたが、皇太后の病の噂は聞こえてきません。僭越《せんえつ》ながら……一人の人間の言葉に左右され過ぎるのは、危ういことであると存じます。それが、いかに大事なお方の意見であるとしても」

　ぴくり、と雪媛は眉を揺らした。

「私が、愛人の言葉に惑わされ、判断を誤っていると？」

「雪媛様は賢明でいらっしゃいます。最善の判断をなされると信じておりますが、意見を吸い上げるには偏《かたよ》りがあってはならぬかと」

飛蓮の中に、自分への熱があることはわかっている。公正に諌《いさ》めているような口ぶりの裏には、彼自身も自覚していないかもしれない青嘉に対する嫉妬が隠されていることも。

それでも、その言い分には無視できないものがあった。傍《はた》から見て、雪媛が青嘉を個人的な感情で贔屓《ひいき》しているように見えるのであれば、気をつける必要がある。二人の関係を知る者、あるいはおおよそ感づき始めている者たちからすれば、女である雪媛の判断の裏に青嘉がいると考える可能性は大いにあるだろう。青嘉が裏で雪媛を操っている、などと噂が立つようなことは、避けなければならなかった。

「皆の意見は広く聞き、最善を考えているつもりだ。そして、天の声も。私は未来を見通すこの目でもって、燦国に使者は出さないという判断を下した。不満か？」

「いえ、決してそのような……」

「飛蓮には任せたい仕事も多い。あまり私の傍から離れてほしくないのだ。それとも、私の傍で働くのが嫌か？　……燦国の皇太后のほうがいいと？」

「まさか！」

飛蓮は勢いよく否定する。

「雪媛様のお傍にお仕えすることが、私の何よりの喜びでございます」

雪媛はにこりと微笑んで、ゆっくりと飛蓮に近づいた。

顔を寄せ、そっと彼の手を取る。

「独護堅のことも、決着をつけねばならぬ。飛蓮の力が必要だ。飛蓮のお父上の無念を晴らすためにもな。待たせてすまない」

「とんでもございません。それに、これは私の、そして司《し》家のけじめでございます故、雪媛様にお力添えをいただけるだけで、ありがたく――」

飛蓮が何かに気づいたように、言葉を切った。

「雪媛様、もしや体調が優れませんか？」

「え？」

「お手がいくらか熱いような……失礼します」

額《ひたい》に掌《てのひら》を当てられ、雪媛はされるがままになっている。

最近、あまり眠れない日が続いていた。成すべきことと、問題が山積《さんせき》し過ぎている。

「少し横になられたほうがよろしいかと」

「平気だ」

「政務がお忙しいのでしょうが、どうか私たちをもっと頼ってください。お休みする時間を作ることくらいは、できます」

ふと、青嘉のことを思い出した。

以前、雪媛の体調が悪いことに、青嘉は声を聞くだけで気がついたことがあった。

（よくそんなことでわかるものだ、と思ったが……）

同じように、ささいな変化も見逃さない飛蓮に、雪媛は苦笑する。

それほどに、想ってくれているのだとわかる。受け入れることができず、申し訳ないと思う。

「……うん。ありがとう、飛蓮」

「雪媛様、雀熙殿がお見えにございます」

芳明の声がする。

「通せ」

名残惜しそうに、飛蓮の手が離れた。

「後でちゃんと休むから、心配するな」

「……はい」

姿を見せた雀熙に会釈《えしゃく》をし、飛蓮が退出する。

雀熙はその姿をちらりと見やってから、雪媛に向き直った。

「少し、よろしいでしょうか」

「もちろん。芳明、茶を」

「はい、ただいま」

卓を挟み向かい合って腰掛けた雀熙は、茶を啜《すす》りながら世間話を始めるように口を開く。

「実は先ほど、青嘉殿から頼まれごとをされました。甥御の師匠になってほしいと」

「志宝の？」

「足がお悪いと伺《うかが》いました」

「……ああ」

雪媛は表情を曇らせた。

志宝の事故は、雪媛が世界を改変した中で、意図せず引き起こしてしまった出来事だ。

「私からも、是非頼みたい。私はあの子から、母親も奪ってしまったからな」

「雪媛様。私は正直なところを伺いたいのです」

「何だ？」

「この先――陛下の治世は、あと何年続きましょうか」

「さて、陛下はまだ幼くていらっしゃるから」

「今、ここには私とあなたしかおりません。ご真意をお聞かせいただきたい。私の考えが間違ってなければ……あなたはいずれ、玉座を得るおつもりだ」

ただ事実確認をするだけというように、思いのほかさらりと口にする。

雀熙の口調に、非難の色はない。

「国のため、民のために私はあります。そして子どもたちの未来のために。ふさわしい者が国を治めるなら、私は私がなすべきことをするだけ」

「簒奪《さんだつ》であると、責めないのか？」

「穏便に事を進めていただく必要はあるでしょう。ただでさえ、女人の身で帝位につくというのは前代未聞《ぜんだいみもん》。問題は多い。その問題をある程度うまく片付けるための、腕のひとつにはなれるつもりです」

「雀熙殿……」

　雪媛は驚いていた。

　かつて碧成の正統性を主張し環王《かんおう》を認めなかった雀熙とは、いずれ対立することになるかもしれないと、内心では覚悟していたのだ。どうすれば彼を説得できるか、どうしても彼が欲しいと、ずっと考えていた。だからこうして、雀熙のほうからこの件を口にしたことが意外であり、また胸のつかえが下りる思いでもあった。

　彼がともに歩んでくれるならば、未来への道のりにおいてどれほど心強いだろう。

「ただ、確認しておきたいことが」

「なんだ？」

「此度の論功行賞で、青嘉殿に将軍位を与えるおつもりと先日伺いました」

「そうだ。あの男は瑞燕国史上、類を見ない大将軍として後世に名を遺《のこ》すだろう。まだ若いが、できるだけ早く権限を持たせたい」

「青嘉殿が稀《まれ》に見る武人であることは、確かでございましょう」

雀煕は、手にしていた茶器を卓に置く。

「青嘉殿が時折、あなたの居殿《きょでん》に出入りしているのは存じ上げています。夜遅くに訪れ、朝早くに退出するのも――」

「言いたいことがあるなら、迂遠《うえん》な物言いをするな」

「あなたは皇帝の妻であった。それが、あなたが摂政として衆目《しゅうもく》に認められている、大きな要素のひとつです。傍に愛人を置くのは心証が悪い。――きちんとしたご夫君になされるのならば別ですが」

窺《うかが》うように、雀煕は雪媛に目を向ける。

「青嘉殿を、伴侶《はんりょ》として迎えるおつもりですか？」

「そうだ」

雪媛の答えに、雀煕は大きく息をつく。

そして、きっぱりと言った。

「私は、反対です」

二章

雪媛《せつえん》は雀熙《じゃくき》の顔をじっと見つめた。

この男が、人の色恋沙汰《ざた》だとか縁組みの類《たぐい》に、好奇心や酔狂《すいきょう》で軽々しく首を突っ込むような趣味を持ち合わせているとは思えない。わざわざ話題に出すということは、それが政《まつりごと》に関係するということだった。

「……理由を聞こう」

「少し訂正いたしますと、将軍として軍権を持つ人物を伴侶とすることに、反対でございます」

「やがて皇帝となった私が内政を取り仕切り、その夫が軍事を取り仕切る。国をひとつにまとめる上で、悪い形ではあるまい」

「一見、夫婦が力を合わせて国を支えるという、理想的な姿にも見えますな。……では雪媛様。あなたが後宮《こうきゅう》におられた時、妃《きさき》であるあなたが力を持ち陛下をお支えしていることに、誰も異議を唱えませんでしたか？」

「………」

「皇帝の傍《そば》近くに侍《はべ》る妃が、皇帝の意志決定を左右するほどの力を持つ。そのことに、反発はありませんでしたでしょうか」

「それは、私が女であったからだろう」

「むしろあなたが女人《にょにん》であり普段は後宮にいらっしゃったため、その力ははっきりと目には見えず、正面から批判する者が少なかったくらいです。もちろん、あなたが裏で多くの者に金をばらまき、取り込んでいたためでもあるでしょうが。独護堅《どくごけん》は娘の敵としてあなたを見ていた故《ゆえ》に、あなたの失脚を望み、蘇高易《そこうえき》は皇帝という立場にあった陛下のためを思えばこそ、あなたの台頭を快《こころよ》く思わなかった」

「青嘉《せいか》は武人だ。政に関わらせるつもりはない」

「現実問題、そんなことがおできになりますか？　いつどこをどう攻めるか、そのための人員、武器、食糧、資金をいくら用意するか裁可を下す上で、彼の意見を聞くことがないとでも？　向こう五年、十年、二十年後の国の行く末を考えるにあたり、青嘉殿の意向を汲《く》まないと？」

「私が、夫の言いなりになるとでも言いたいのか？」

「無視はできませんでしょう。もしあなたが彼の要求を拒否した場合、お二人の関係に罅《ひび》が入らない保証はありません。それを恐れずに正しい判断がおできになりますか？」

雪媛は失笑する。

「私は、随分《ずいぶん》と愚かな女であるようだな」

「青嘉殿は、才能溢《あふ》れる稀有《けう》な武人です。やがて崇敬《すうけい》を集める大将軍になるであろうことは、私にも容易に想像がつきます。つまり彼が、この国において大きな影響力と実権を持つようになるということです。そんな中、あなたたちの間に御子ができたら――いかがです。当然、あなたはご自身の子に跡を継がせたいとお考えになるはず」

雪媛は肩を竦《すく》めた。

「なんとも気の早い話だ」

「その子が帝位についた時、それはすなわちあなたがすでにお亡くなりになる時か、もしくは生きている間に譲位《じょうい》をなさるかのいずれかでしょうが……その子が、父親の意見を完全に無視できるでしょうか。歴代の皇帝たちも、母である皇太后《こうたいごう》には頭が上がらなかったものです。それが後宮に住まう皇太后ではなく、直接兵を動かす力を持つ将軍であるとなれば、なおさら逆らうことなどできますまい。そうなれば、誰もが思うことでしょう。――真の皇帝は、王《おう》青嘉である、と」

「…………」

「あるいは、こんなことがあったらいかがでしょう。青嘉殿が万が一、戦《いくさ》で敵に捕らわれたとしましょう。捕虜となり、身柄《みがら》を返す代わりにとんでもない要求を突きつけられたと

る
したら？　あなたは皇帝として、平静に対処できますでしょうか。夫のために、多大なる犠牲を払ってしまうことはございませんか？　それにより、民《たみ》が損害を被《こうむ》ることになるやもしれません。これはまた、御子が皇帝となられた場合も同じこと。父が捕虜となった時、見捨てられる子がいるでしょうか」

「仮定の話が過ぎる。私はまだ皇帝ではなく、子もいないというのに」

「はい。ですが、雪媛様ならおわかりでございましょう。起こりえないとは、申せませぬぞ」

　雀熙はため息をつく。

「私は何も、お二人の仲を引き裂きたいわけではありません。雪媛様のお考えになる形では、難しいと申しております」

「では、どうせよと？」

「青嘉殿に、後宮へお入りいただくのです」

「何？」

「王家の家督《かとく》は親族のどなたかにお譲りになり、兵権はすべて取り上げ、ただ皇帝の伴侶としての地位だけを持つ者として、後宮の中で静かに暮らしていただく。それであれば、問題ないかと」

「馬鹿な」

雪媛は思わず声を荒らげた。

「あの男は生まれながらの武将だぞ。この国にはなくてはならぬ人材だ。それを、後宮に閉じ込めろだと？」

「それがお二人のためにございます」

「話にならぬ」

「では、万が一、青嘉殿に逆心が芽生えたらいかがします？」

「……なんだと？」

「将軍としてこの国の兵権を掌握《しょうあく》する男、皇帝の伴侶《はんりょ》、そして次期皇帝の父。その者が武力でもってあなたに対峙《たいじ》したら？」

「何を、言っている」

「そうなれば、誰もが彼に味方することでしょう。逆らうことなどできませんからな。あなたを廃位させて子を帝位につけ、彼が実の子の摂政《せっしょう》となるならば、正統性もある。何より彼は――男です。残念ながら、個人的な資質云々《うんぬん》よりも、それは大半の者にとって大きな説得力を持つ」

「青嘉がそんなことをするはずがないだろう」

「もちろん、青嘉殿の忠義心は知っております。ですが、周囲はどう思うでしょう。すでに、青嘉殿に対する嫌な噂が出ております」

「噂？」

「青嘉殿が皇帝陛下に取り入っている、と。謁見《えっけん》の場での陛下のお振る舞いから、実際よほど懐《なつ》いておいでのようですな」

「時折、陛下の遊び相手になっているのは知っている。私も、陛下をうまく手なずけてくれればと思っている」

「事実がどうあれ、陛下からの覚えめでたく、その摂政である神女とも親密な男の存在を、宮廷に仕《つか》える者たちが無視できるはずがありません。己《おのれ》の出世のための口利《き》きを頼むため大金を積む、雪媛様へ言上《ごんじょう》してほしいことがあると贈り物をする、自然と彼の発言は重く受け止められ、皆にとって無視できないものになっていく……。これは当然、起きることです。これまでも、皇帝の寵姫《ちょうき》の親族というものはそうでございました。柳《りゅう》一族も、そうだったのでは？」

「青嘉はそんなことを望まない。誰にいくら積まれても、すべてはねつけるに決まっている」

「人は、優位に立つことを覚え、周りが自分の意のままに動くことを知ると、自分でも気づかぬうちに驕《おご》り高ぶるものです。そして欲が出る。その特権を失うことを恐れるようになり、さらなる力を求め始める。そういうものです。どれほど誠実でつつましやかな人間でも、それは大なり小なり、必ず通る道です。中には、彼に不埒《ふらち》なことを唆《そそのか》す者もいるでしょう。雪媛様は、永遠に青嘉殿をお信じになれるのですか？」

「当たり前だ」

「本当ですか？　彼があなたに刃《やいば》を向けないと、本当に信じることができますか？」

「もちろ――」

言いかけた途端、脳裏にあの老将軍の姿が浮かんだ。

自分に向けた、あの無慈悲な目。

剣を振り下ろす、躊躇《ちゅうちょ》のない姿。

胸を貫《つらぬ》いた、あの刃の感触。

王青嘉将軍は、玉瑛《ぎょくえい》を殺した。

（違う。あれは青嘉じゃない。ここにいる青嘉とは、別人だ）

そう言い聞かせながら、もうひとつの声が聞こえる。

――本当に？

玉瑛の声だった。

手元の茶に映り込む自分の顔が、いつの間にか血まみれの玉瑛に変わっている。

――見て、あの頬の傷。王将軍と同じものが、彼にもある。

（違う。それは、私を守るためについた傷だ）

「青嘉が、そんなことを考えるはずがない」

「恐れながら、あなたがそれを言うのですか？　かつて皇帝の寵姫であったあなたが？　そして今は皇帝となろうとする――あなたが？」

雀熙の声音は、憐《あわ》れみを含んでいるように思えた。

「前《さき》の陛下はあなたを心底愛し、信じておられました。だから裏切られていたと知った途端、心が壊れてしまった。どんな賢君も、なにかの拍子《ひょうし》に暗君となってしまうことは歴史が物語っています。人は変わる。皇帝ですらそうなのですよ。それが、王青嘉に起こりえないと言えますか？」

「やめろ」

「女が帝位につくという先例を、あなたは作ろうとなさっている。この先、あなたと同じ野望を抱く女たちが現れることでしょう。それが男なら、なおさらです。しかもその男はきっとその時までに、誰より大きな武力を手にしている」

「もういい！」

しかし雀熙は、険《けわ》しい表情を崩さなかった。

「可能性があるということ自体が、すでに問題なのですよ。玉座《ぎょくざ》とはそういうものです。あなたはそれを、手にする覚悟が本当におありですか？」

幼子の笑い声が響いている。

雪媛が華陵殿《かりようでん》に足を踏み入れると、中庭で棒を振り回す暗寿《あんじゆ》に、腰を落とした青嘉が同様に棒で応戦している姿が見えた。

「えいっ、えいっ！」

めったやたらに打ち込む暗寿に対し、青嘉はすべて軽々と防いでみせる。

「ううー！」

まったく当たらないので、暗寿は臍《へそ》を曲げたらしい。棒を地面に放り出すと、顔を真っ赤にして涙目になった。

「陛下……」

どうしよう、というように青嘉が困惑《こんわく》の表情を浮かべる。

「陛下、楽しそうでございますね」

にこやかに近づいてくる雪媛の姿に、周囲の侍女《じじよ》や侍従《じじゆう》たちははっと緊張した様子で頭《こうべ》を垂れた。

不機嫌そうな暗寿の頭を優しく撫でてやると、雪媛は青嘉の耳元に、そっと囁《ささや》いた。

「馬鹿者。こういう時はうまく負けて差し上げるのだ」

「はぁ……申し訳ありません」

雪媛はくすりと笑う。

こういうところが青嘉らしい、と思う。

（こんな男が、皇帝に取り入っているだと？　皆の目は節穴過ぎるな）

ぐずっている愔寿を乳母《めのと》に任せ、青嘉を伴《ともな》って華陵殿を出た。

「呼んだのになかなか来ないから、見に来てみれば……すっかり気に入られたな」

「申し訳ありません。そちらへ向かう途中、陛下に呼び止められてしまって」

「お前が戦に出ている間も、青嘉は来ないのか、と陛下がよく駄々をこねていたぞ」

「陛下を見ていると、昔の志宝《しほう》を思い出します」

「さっき、雀煕が来た。志宝のことを頼んだそうだな」

「はい」

「志宝が官吏《かんり》となり、いずれ私を支えてくれるなら心強い。雀煕なら、よい師になるだろう」

「はい」

「それと、その前に飛蓮《ひれん》が訪ねてきた。燦国《さんこく》へ行きたいと」

「そのようですね」

「お前に反対されたと言っていた。そうなのか？」

「反対……といいますか、今はやめたほうがいいのではないかと」

「何故そう思う？」

「……いえ、ただなんとなく。俺が口を出すようなことではありませんでした」

「ふぅん」

「許可されたのですか？」

「今はやめておけと言っておいた。それに、いまだ国内が落ち着いたとは言えない状態だ。信頼できる者を遠くへやりたくない」

「そうですか」

青嘉はほっとした様子だった。

執務室に入ると、雪媛はおもむろに青嘉に身を寄せた。

青嘉も何も言わず、その身体を抱きしめる。その力強さに、彼もまた雪媛に触れたかったのだということが伝わってきた。

約三カ月ぶりに間近に感じる青嘉の存在に、ほっと息をつく。

「気をつけろよ、青嘉」

「え？」

「お前が陛下に取り入っていると言う者もいる」

「江良《こうりょう》からも、釘を刺されました」

「陛下にあまり構い過ぎるな。妬《ねた》みを買うのもそうだが……後で、辛《つら》くなるぞ」

「………」

愔寿にはいずれ消えてもらわなければならない。雪媛に無事禅譲《ぜんじょう》してもらうまでの傀儡《かいらい》に過ぎないのだ。

それをあんなふうに関わってしまえば、情が湧く。

「……そうですね」

雪媛はついと背伸びして、青嘉の頬傷に唇を這《は》わせると、ゆっくりとなぞった。

驚いた様子の青嘉を見上げながら、雪媛は大丈夫だ、と己に言い聞かせる。

（王青嘉は変わった。未来で玉瑛を殺したあの男は、もうどこにもいない）

その夜、青嘉の腕の中で眠りにつきながら、雪媛は雀熙の言葉を思い返していた。

──あなたがそれを言うのですか？　皇帝の寵姫であった、あなたが？　そして今は皇帝となろうとする──あなたが？

大雀《たいじゃく》の進言はいつだって的《まと》を射ている。それに従わなかった皇帝がどうなったか、雪媛はよく知っている。

けれど、今度ばかりは雀熙が誤っているだろう。

青嘉の寝顔を見つめながら、雪媛は思う。

（青嘉が、私を裏切ったりするはずがないのに）

弓の弦音《つるおと》が、小気味よく響く。

芳明《ほうめい》を伴って皇宮《こうぐう》内の弓射場《きゆうしやじよう》に立ち寄った雪媛は、燗流《かんる》が五回連続で的を外すのを、気づかれない場所からこっそりと眺めていた。

燗流の横で、瑯《ろう》が不思議そうに首を傾《かし》げた。

「動かん的を、どういて外すがじゃ？」

その隣で、潼雲《どううん》がうんざりしたように顔をしかめた。

「誰でもお前みたいにできるわけじゃないんだぞ」

「自分が的になるのは得意なんですが」

そう言ったのは、当の燗流である。

潼雲ががっくり肩を落とす。

「燗流殿……それは、うん、確かに素晴らしい特技だし……護衛の任では己が的になることも必要ではあるけれどもだな」

「もちろん、俺としても当たるばかりでなく、当てたいんですよ。そのために瑯殿にご指南《しなん》をお願いしたわけで」

「――やっているな」

雪媛が声をかけると、三人ははっとして居住まいを正す。

「雪媛様」

「どうだ、燗流。卿から極意は聞けたか？」

「はぁ。『相手をよく見て、しゅっと射る』、だそうです」

「卿。ちゃんと教えなさいよ」

嬉しそうに近づいてきた卿に、芳明が呆れた口ぶりで言った。

「ちゃんと教えとるき」

「言葉が足りないのよ！　そんなんじゃわからないでしょう」

卿は首を傾げている。

芳明と夫婦になったのを機に、卿には雪媛から『尤《ゆう》』という姓が贈られ、名を尤卿と改めた。卿と芳明、それに天祐《てんゆう》は屋敷も賜《たまわ》って、三人で暮らし始めたばかりだ。

見る限り、新しい家族はうまくやっているようだった。

「潼雲、ちょうどよかった。話したいことがあったんだ」

「は、俺ですか」

「うん。近々、改めてクルムへ使節を送ろうと考えている。昨年の環王《かんおう》の乱においての助力への返礼、それに、今後の友好関係を結ぶ正式な同盟の提案のためだ」

「同盟……」

「潼雲に行ってもらおうと思うが、どうだ」

「え」

「シディたちと面識のある者のほうがよいだろう。それに、潼雲は最近、クルムの言葉を勉強していると聞いたが」

「！　だ、誰から……あ、青嘉ですか⁉　あいつ……」

恥ずかしそうにあたふたする潼雲に、雪媛はくすくすと笑う。

「潼雲なら、私も安心して任せられる。それに、向こうでやるべきこともあるんじゃないか？」

シディヴァがナスリーンをどこかへ嫁にやってしまう前に、迎えに行ったほうがいいだろう。

「あまり、待たせないほうがいい。ムンバトも頑張っているだろうしな」

「うっ……」

歯がゆそうな顔で、潼雲は考え込む。

「あの、雪媛様。お話はとてもありがたいのですが、できることなら、別の者を遣《つか》わしていただけないでしょうか」

思わぬ返答だった。

「いいのか？　せっかくナスリーンに会えるのに」

「確かに、この機会を逃すと、次はいつクルムへ行くことができるかわからないでしょう。ですが……」

潼雲は懐《ふところ》のあたりを、ぎゅっと握りしめる。

「今の俺はまだ、胸を張って迎えに行けません。シディヴァ様と離れることを、ナスリーンは望まないはず。でも、それでも後悔させないと、自信を持ってそう言えるようになりたいのです」

潼雲は身を乗り出す。

「俺は戦功を立て、我が国随一《ずいいち》の将軍となりたいと思っています。どうか、次の戦では俺に一軍をお預けいただけませんか！　必ず雪媛様に、そしてシディヴァ様にも認められる男になってみせます！」

決然とした態度の潼雲に、雪媛は思わず感嘆《かんたん》の息を漏《も》らす。

（いつの間にか、すっかり頼もしくなった）

先日、青嘉に将軍位が正式に下された。

潼雲にしてみれば、これまでともに肩を並べてきた青嘉の出世に、先を越《こ》されて悔しい気持ちもあっただろう。一方で、若くして将軍となれる前例を目の当たりにし、奮起《ふんき》した部分もあるようだった。

「わかった。では、今度の戦はお前に任そう」

潼雲の顔がぱっと明るくなる。

「ありがとうございます！」

「私も、潼雲にはこの国を背負って立つ大将軍になってほしい。必ずそうなれると、私は思っている。昨年の都攻めでも、潼雲の働きは大きかった。前回の高葉《こうよう》戦でも、敵の援軍を先回りして見事に撃破したと聞いている。洪《こう》将軍も、潼雲には将としての器《うつわ》があると褒《ほ》めていたぞ」

「洪将軍が、俺を？」

「残念ながら自分の息子より見どころがある、と言っていた」

「真ですか⁉」

頰を紅潮させた潼雲は、しかし少し気まずそうな表情を浮かべる。

「ですが前回の高葉戦は……あの時は雪媛様の託宣《たくせん》に従ったまでですから。俺の手柄《てがら》というわけではありませんし」

「……私の託宣？」

雪媛は首を傾げる。

「あの時の私は、配流《はいる》の身だったぞ。託宣なんて……」

「ですから青嘉に、事前にお伝えになっていたんでしょう？　敵の数、布陣する位置取り、皇子たちの居場所――あの時は改めて、雪媛様のお力に感服しました。すべて青嘉が言う通りになりましたからね。けれど武人としては、己の力で勝った気がしないので少し悔しさもあります。ですから今後は、是非我らにお任せを」

「待て。どういうことだ？　青嘉が、何を言った？」

訝《いぶか》しげな雪媛に、潼雲がきょとんとしている。

「ですから、あの戦に出る前に、青嘉が雪媛様にお告げをいただいていた、と。そのお告げの内容がすべて当たって、驚くべき早さで敵を撃破し勝利できたのです」

「私の……お告げ？」

そんなものを青嘉に伝えた覚えなどない。

「青嘉が、そう言ったのか？　私が言ったと？」

「そうですが……。そうだったよな、瑯？」

同意を求めると、瑯は頷《うなず》いた。

「ほうじゃの。青嘉の言ったことが、全部その通りになっとった」

困惑している雪媛をよそに、そういえば、と瑯が呟《つぶや》いた。

「あの時みたいに、たまに先のことを知っとるようなことを言うのう、青嘉は」

「先のこと？」

「この間の、朔辰国《さくしんこく》の、ええと……なんといったかの。あの敵の、男前の将軍」

「彭廸《ほうてき》？」

「そう、彭廸。青嘉があいつに、文官に気をつけろ、とかなんとか言うちょって」

「文官？」

「妬まれたり警戒されないように、友好的な関係を築いておけと助言しちょった。なんじゃ、そうなると知っとるような口ぶりで、どういてそんなこと言うんじゃろうと不思議に思うたけんど」

潼雲が怪訝《けげん》そうに、

「そんな話、いつしていたんだ?」

と尋《たず》ねる。

「最後、別れ際《ぎわ》に。彭廸を追いかけていって、話しちょったろう」

「ああ、確かに何か二人で話をしていたな……。いやしかし、遠くて会話の内容までは聞こえなかった」

「俺の耳には聞こえとったで」

潼雲がわずかに、瑯から距離を取る。

「うっかり内緒話もできないな、お前がそのへんにいると思うと」

「青嘉が彭廸に、文官に気をつけろと、助言を……?」

(どういうことだ?)

彭廸は自国の文官によって陥《おとしい》れられ、処刑される。それが玉瑛の知る未来だった。

そして今この世界で、その未来を知る者は、自分だけのはずだ。

(何故青嘉がそんなことを言う? すでに彭廸が嵌《は》められる兆候《ちょうこう》でもあるというのか?)

雪媛は困惑しながらふと、先日の飛蓮の話を思い出した。

――私の燦国行きに反対のようで……。燦国の皇太后《こうたいごう》が、病《やまい》であるとの噂があるとか。

燦国皇太后が病に臥《ふ》せるのは、確かに近い将来起きる出来事だ。だが、その噂をこんなにも早く、どうして青嘉は知ることができたのだろう。

何故飛蓮に反対したのか尋ねた時、青嘉の答えは妙に歯切れが悪かった。

――……いえ、ただなんとなく。

それは、ほんの少しの違和感だった。

だが目に見えない黒い淀《よど》みのようなものが、確かに雪媛の中にじわりと広がった。


珠麗《しゅれい》が去って以来、青嘉は都にいる間は王家の屋敷へ毎日帰り、志宝とともに過ごす時間を作るよう心がけていた。母親から引き離されて塞《ふさ》ぎ込んでいた志宝を心配してのことであったし、そうしたほうがいいだろうと雪媛も勧《すす》めてくれた。

その甲斐あってか、最近の志宝は随分と明るい表情を見せるようになった。時折遊びにやってくる天祐の存在も大きかったし、先日初めて薛《せつ》雀熙の家を訪れてからは、熱心に勉学に励むようにもなった。自分と同じように杖《つえ》をつく雀熙が、朝廷の第一線で活躍している姿に、思うところがあったらしい。

「叔父上《おじうえ》、今度、母上のところへ行ってもいいですか？　もうすぐ母上のお誕生日ですから」

ある朝、期待に満ちた顔で志宝が尋ねてきた。

「そうか……そうだったな」

青嘉は少し考え込んだ。

都を追放された珠麗は現在、下女と二人で地方の小さな家で暮らしている。

彼女がこの家を出てから、志宝は母親の顔を見ていない。時折届く文《ふみ》だけが、唯一《ゆいいつ》の繋がりだった。

先の戦から帰還する最中、青嘉は密かに彼女のもとを訪れている。暮らしぶりを心配してのことであったし、志宝の今後についても相談するつもりだった。

粗末な家でつつましやかに暮らす珠麗は、かつてないほど穏やかな表情を浮かべていた。小さな庭で野菜を育てたり、毎日近くの寺へ向かい、罪を懺悔《ざんげ》し、生まれることなく亡くなった芙蓉《ふよう》の子への供養《くよう》を行っているという。息子に会えない寂《さび》しさを口にすることは決してなかったが、志宝の様子を青嘉が口にすると、瞳を潤《うる》ませて食い入るように聞いていた。

「……そうだな、母上も喜ばれるだろう」

志宝はぱっと破顔《はがん》する。

「叔父上も行くでしょう？」

「え――」

「一緒に馬に乗せてください！　馬車や輿《こし》はもう嫌です。窮屈《きゆうくつ》でつまらない」

怪我《けが》をしてからというもの、志宝が外出する際には必ず馬車か輿を使わせていた。もともと乗馬が好きだった志宝からすると、不満があるのだろう。

しかしわくわくした様子の志宝に、青嘉は返答を迷った。

公《おおやけ》に珠麗を訪ねることは、出来る限り控えておきたかった。雪媛はきっと、青嘉が珠麗に会いに行くと言っても止めたりはしない。それでも、快《こころよ》く思うことはないだろう。

「叔父上。母上の病気は治るのですか？」

「空気のよい土地で、ゆっくりと静養することが大切なんだ。今は落ち着いていると、この間の文にも書いてあっただろう」

「じゃあ、母上はそのうち、都に帰ってこれますよね？」

青嘉は言葉に詰まった。

彼女がこの家に戻ることは、二度とない。

「……どうだろうな。都へ戻れば、また体調を崩すかもしれない。ともかく、まだ時間が必要だ」

志宝はひどくがっかりした様子で肩を落とした。

「それは、どれくらいかかるのですか？」

「志宝。お前が今なすべきは、母上が安心して静養できるように、心配をかけないことだ。今日も雀熙殿に学ぶのだろう？　よく準備して行きなさい」

「はい……」

しゅんとする志宝に、青嘉は元気づけるように言った。

「母上のところへ行く時には、馬に乗せてやろう。約束だ」

志宝はぱっと顔を上げて、そして嬉しそうに笑った。

志宝に見送られ皇宮へと向かいながら、青嘉はいつかやってくる日のことを考えた。いずれ志宝も成長するにつれ、母の待遇の不可解さに気づくだろう。

（真実を話すことは、雪媛様も望まないだろう。どう伝えたものか……）

考え込みながら朱雀門《すざくもん》を潜《くぐ》ると、行き会った幾人かの官吏が妙に恭《うやうや》しく挨拶《あいさつ》の言葉をかけてきた。ほとんど面識のない者ばかりではあったが律儀《りちぎ》に応じて進んでいくと、「おおい」と後ろから声がする。

「おおい、青嘉！」

潼雲が手を振ってやってくる。青嘉は立ち止まった。

「潼雲。どうした？」

「ふん、随分と人気者だな」

「は？」

「さっきから何人、お前に近づいてきた？　どいつもこいつも、媚《こ》びてへらへらと」

「そうだったか？　いつから見てたんだ、お前は」

「べ、別にお前を見てたんじゃないし！　目に入っただけだし！」

心外そうに弁明した潼雲は、少し居住まいを正すと声を潜《ひそ》める。

「おい、気をつけろよ。お前に取り入ろうってやつらが、うようよいるんだから」

「取り入るって……」

「雪媛様に近づくためには、お前のご機嫌を取っとくのが得策だと考えてるのさ」

それでようやく青嘉は、最近声をかけてくる者が多い理由に気がついた。

「ああ……そうか、それで」

「ぼうっとして、おかしなやつと関わるなよ。笑顔ですり寄ってくるやつは厄介だ。敵視してくるやつのほうが、まだわかりやすくてましってもんだ」

「そうだな、気をつける」

青嘉は苦笑する。

すると潼雲は周囲をきょろきょろ見回し、誰もいないのを確認すると、懐から包みを取り出した。

「これを、お前に渡そうと思ってたんだ」

「気をつけろと言ったくせに、お前が俺に贈り物か？」

「馬っ鹿野郎。気持ちの悪いこと言うな」

苦々しい顔で、潼雲は包みを開く。

「これ、以前お前が持っていたものじゃないか？」

現れたのは、翡翠《ひすい》の簪《かんざし》だった。

青嘉は呆然として息を詰めた。

「あれ、違ったか？」

「……どこで、これを。どうして、お前が」

「小舜《しょうしゅん》が、巣に隠していた」

「小舜？」

「きらきらしたものを集めていたらしいぞ。その中にこれがあって、見たことがあるなと思ったんだ。少し汚れていたから、一応綺麗にしておいた」

ほら、と差し出された簪を、青嘉は奇妙な気分で受け取る。

それは確かに、かつて雪媛のために彼が買い求めた簪だった。

立后式《りっこうしき》を間近に控え、翌日には青嘉が高葉国との戦に出陣するという晩に、彼女の部屋の前に置いてきたのを思い返す。

（クルムで尋ねた時、雪媛様は簪のことを知らない様子だった。あの時、俺が部屋の前に置いた後で、小舜が奪っていったということか？）

　潼雲が「もしかして」と首を傾げる。

「それ、雪媛様への贈りものか？」

「え」

「やっぱりな」

　にやにやとして、潼雲は青嘉の肩を叩く。

「お前もそういうことを考えるんだなぁ」

「……なんだよ」

「別に。お前と雪媛様のことは、もはや公然の秘密も同じ。皇宮の人間ならまぁおおよそ察してるだろう。雪媛様が妃だったあの頃とは違って、頑《かたく》なに秘める必要もないんだ。堂々と渡してくればいいんじゃないか」

「潼雲……」

「贈る相手が手を伸ばせる距離にいて、俺からしたら羨《うらや》ましいくらいだ」

　じゃあな、とそっけなく潼雲は去っていく。

　手元に残った簪を、青嘉はじっと見つめた。

　雪媛と初めて出会った頃、まだ何も知らない若かりし日の自分が選んだ簪。

　今こうして自分の手の中に戻ってきたという事実が、ひどく不可思議な気分だった。

クルムで暮らしていた折、簪を選んで贈ると雪媛に約束したことを思い出す。忘れていたわけではないが、その後はあまりに波乱があり過ぎて、結局その約束は果たせていない。

潼雲の言う通り、今ならば贈り物として彼女に捧《ささ》げることを妨《さまた》げる理由は、なにもない。この手で堂々と、あの艶《つや》やかな髪に挿《さ》してやることができるだろう。

青嘉は簪を大事に懐にしまうと、雪媛の居殿《きよでん》へと向かった。

「あら、青嘉殿」

芳明が笑顔で出迎えて、そういえば、と言葉を継いだ。

「この間、また天祐がお宅へお邪魔させていただいたそうで。とても楽しかったとはしゃいでいました。ありがとうございます」

「ああ、志宝も友だちと遊べて嬉しそうだった。こちらこそ礼を言う」

すると芳明は、わずかに表情を曇らせた。

「ごめんなさいね、青嘉殿」

「え?」

「……珠麗様のこと。志宝に、寂しい思いをさせて」

「それは、芳明が謝る必要なんてない」

芳明は首を横に振る。

「私が、あの方と今後も顔を合わせるようなことはどうしてもできないと、雪媛様に言ったんです。だから、都から追放に……」

「それでも罰としては軽過ぎるくらいだ。むしろ、芳明の温情には感謝している」

「志宝のためにできることがあったら、いつでも言ってください。親の罪で子を憎むなんてこと、しませんから」

「それはこちらの台詞《せりふ》だ。俺には王家の当主として、芳明の受けた苦しみを償《つぐな》うべき責任がある。困ったことがあれば、なんでも言ってほしい」

芳明はくすりと笑う。

「あら、そんなこと言っていいんですか？　じゃあ、本当に図々しくお願いして――」

言いかけた芳明が、うっと息を詰めた。

口元を押さえ、青い顔をする。

「芳明？　どうした」

芳明は強張《こわば》った表情で幾度か息を吸い込み、か細く「大丈夫です」と答えた。

「体調が悪いのか？　無理をするな」

「……いえ、病では、ないので」

「…………」

そこで青嘉はようやく、はっと気づく。

「子が……？」

すると、芳明の頬が少し赤く染まった。小さく頷く。

「卿との子か！　それはめでたいな」

「まだ、雪媛様には内緒ですよ」

「何故だ？　きっと喜ぶ」

「だって、身籠《みご》もったとわかったら、雪媛様はすぐに私に暇を出すでしょう。私を労《いたわ》ってくださるのはありがたいのですが、雪媛様は今が大変な時ですからもっとお傍で支えたいんです」

「卿は知っているのか？」

「まだです。そろそろ話さないと、とは思うんですけど。卿に話したらすぐに雪媛様に伝わってしまうでしょうから」

「それは、そうだろうが……」

「とにかく、ここだけの話にしておいてくださいね」

「少し、休んだほうがいい」

「平気ですよ。なにしろ出産は二度目ですからね、心得ています。――さぁ、どうぞ。雪媛様がお待ちです」

先導する芳明の後ろ姿を見つめながら、青嘉は感慨《かんがい》深い思いを味わった。

（子ども、か……）

青嘉は前世で妻を持たず、子もなかった。

だが、この世では、自分の子を抱くことがあるのだろうか。

(雪媛様と、俺の子……?)

それは妙に現実味がなく、うまく想像することができない。

「雪媛様。青嘉殿がお見えです」

「入れ」

雪媛の前では辛そうな様子を一切見せず、芳明はにこやかに茶を運んできて、ごゆっくり、と下がっていった。それでもいささか顔色が悪い気がして、青嘉は心配になった。珠麗も昔、志宝を身籠もった時には随分と辛そうにしていて、起き上がれない日が続いたものだ。

雪媛は相変わらず、忙しそうに机に向かって筆を動かしていた。

青嘉は無意識に、簪をしまい込んだ懐に手を当てる。

どう切り出せばよいものかと考える。そもそも、雪媛はこの簪のことを覚えているだろうか。

「芳明が、身籠もったらしい」

唐突な雪媛の言葉に、青嘉は驚いた。

「ご存じ、だったのですか」

「本人は言わないが、これだけ長く傍にいるんだ。わかるに決まっている」

眉を寄せてふうと息をつく。

「何故黙っているのか察しはつくが、それでも自分から報告してくるのを待っているんだ。祝いの言葉も品も、もう用意しているというのに、まったく……」

青嘉は苦笑した。

「近いうちに、報告があるでしょう。卿にもこれ以上隠してはおけないでしょうし、あいつも敏《さと》いから気づきますよ」

「卿も父親になるなら一層励まねばな。そう遠くないうちに朔辰国とまた戦になりそうだ。潼雲が張り切っているから総大将を任せるとして、卿は副将につけるつもりだが、どう思う？」

「よいと思います。先日の高葉での働きぶりを見ても、卿は背中で人を率いる力がある男だと思いました。いずれはよい将軍となるでしょう。経験を積ませるべきかと」

「天祐も、将来は武将になりたいと言っているそうだ。王家を凌《しの》ぐ、新たな武門の名家が誕生するかもしれないな」

「心強いことです」

「とはいえ、あまり外ばかり向いてもいられない。やることが山積みだ。昨年の不作のせいで、流民《りゅうみん》が増えている。今のままでは民の負担が大き過ぎるから賦役《ふえき》を軽減させたいが、なかなか進まない」

雪媛が摂政となり数カ月が過ぎたが、順風満帆《じゅんぷうまんぱん》の船出というわけではないことは青嘉にもわかっていた。

碧成《へきせい》に仕えていた旧臣たちは、あくまでも以前と同様のやり方を求めており、雪媛が打ち出す新たな施策には何かと反対の意見を取る。蘇高易や薛雀熙が対抗してはいたが、鶴の一声で思い通りの政ができるわけではなかった。

「いっそ、三省六部《さんしょうりくぶ》というこの枠組み自体を変えて、新たな政治体制を作りたい。皇帝の力を強め、その意思が反映できるように」

「新たな体制ですか？」

「まず門下省《もんかしょう》の廃止。これは必須《ひっす》だな。今では貴族連中の牙城《がじょう》で、審査機関としては有名無実でありながら権限だけは強い」

門下省の役目は上奏文《じょうそうぶん》の審議、そして中書省《ちゅうしょしょう》の起草《きそう》した詔勅《しょうちょく》の審議である。青嘉は前世の記憶の中で、碧成の孫にあたる和帝《わてい》が自《みずか》らに力を集中させるため、門下省から実権を取り上げ、中書省に吸収させたことを思い出した。

雪媛もそれを知っているのだろう。かつての歴史よりも、より早く体制を変えようとしているのだ。

「高易や雀熙、江良とも相談したいが、いずれは皇帝が下すすべての決定を、より迅速《じんそく》かつ確実に実現できるようにするつもりだ」

雪媛が皇帝になる時には、という意味だろう。

しかし、さすがにそこまで彼女は口に出さなかった。

「賢帝《けんてい》の頃には上手く回っていたこの国の有り様も、今では変わった。そもそも香王朝《こう》時代には三公《さんこう》や三師《さんし》を置いていたが、これを徐々に変えたのが賢帝だ。その後、孫の武帝《ぶてい》が現在の体制を確立したが、それはその時代においては最善であっただけのこと。今の最善は何かと考えるべきだ」

「仰《おっしゃ》る通りですが、反発が強そうですね」

話しながらも、青嘉は簪を渡す機会を窺《うかが》いつつ、少し落ち着かない気分だった。

「伝統だからと何も考えずに踏襲《とうしゅう》するなど、愚か者のすることだ。武帝も恐らく、賢帝ですら完全には変えられなかった体制に手を入れることは、容易ではなかったであろう。順《じゅん》帝《てい》の時代にも一度、体制の変更が検討されているが断念しているのは、反対の声が大きく順帝が及び腰になったからだろう。その点、和帝はなかなか勇敢だ」

「そうですね、思い切ったことをなさったと思います」

「聞くところでは、朔辰の皇帝の権限は非常に強く、我が国とは異なる体制を敷いているという。和帝もそれを参考にしたのだろう。私も、誰ぞ他国の内部事情に詳しい者を得たいと思う」

「ですがそれは、時勢が味方する部分が大きかったでしょう。和帝が在位の頃には、すでに五国の統一を……」

そこまで口にして、青嘉は自分がおかしなことを言っていると気づいた。

（そうだ、五国統一が成ったからこそ、陛下が新体制を布《し》こうと断行して——）

口を噤《つぐ》んだ青嘉に、雪媛の視線がじっと注がれているのがわかる。

雪媛には、訝しがる様子も、驚いている様子もない。

「和帝——とは、誰のことだ、青嘉」

「…………」

雪媛の声は、大層落ち着いていた。

「私の知る限り、現王朝にそのような諡号《しごう》の皇帝はいない」

青嘉は懐から手を放した。

「……あの……」

簪のことで、つい気もそぞろになっていた。

だから、気づかなかった。

雪媛は会話の中でごくさりげなく、未来の皇帝の名を出していたのだ。

青嘉にとっては、未来で己が生きた時代もまた、すでに過去の歴史となっている。長い歴史の流れをつい一緒くたに思い返し、語ってしまっていた。

「……すみません。勘違いをしていたようです」

急に体が冷えた気がした。

どくどくと己の心臓が鳴る音が響く。

（何故だ？　どうしてこんな話を――）

「和帝は、今から三十年ほど後《のち》の皇帝の名だ。前《さき》の陛下……つまり、霊帝《れいてい》の孫にあたる人物」

「…………」

罠《わな》だったのだ、と青嘉は気づいた。

雪媛は最初から、青嘉を試すつもりでこの話題を出したのだ。

凍《い》てつくような雪媛の瞳が、彼を射る。

「――お前は、何者だ？」

三章

青嘉《せいか》は自分を落ち着かせるよう、息を整えた。

「申し訳ありません。勘違いを——俺は歴史には疎《うと》いもので」

「前回の高葉《こうよう》戦の際、私の託宣《たくせん》を受け取っていたそうだな？」

青嘉はぎくりとする。

「敵の数、布陣する位置取り、皇子たちの居場所、すべて言い当てたとか。……さて、私はお前にそんなことを告げた覚えはないが」

「それは——」

「そんなことを、何故お前が知り得る？」

青嘉は己《おのれ》を、心の中で罵《ののし》った。

あの時は雪媛《せつえん》が流刑《るけい》になったと聞き、戦《いくさ》をすぐに終わらせなくてはと、前世の記憶を利用して勝利したのだ。雪媛の耳に入ることなど考える余裕もないほど焦《あせ》っていたとはいえ、今の今まで忘れていたことに愕然《がくぜん》とする。

答えられない青嘉に、雪媛はさらに問いかける。

「それと彭廸《ほうてき》に、文官に気をつけろと助言したそうだな？」

「！　何故……」

「瑯《ろう》が聞いていたそうだ」

彭廸と話をした情景を思い返す。耳のよい瑯であれば、確かにあの距離でも会話を聞き取れていたかもしれない。

「妬《ねた》まれたり警戒されないよう、友好的な関係を築いておけ、と忠告したらしいが……一体何故そんなことを？」

「雪媛様」

「彭廸が、いずれ文官によって罠《わな》に嵌《は》められると思っているのか？　何故そう思う？」

「あの――」

「それにもうひとつ。何故、飛蓮《ひれん》の燦国《さんこく》行きを止めた？」

畳みかけるような雪媛の問いかけは、ひたひたと青嘉を追い詰めていく。

「燦国の皇太后《こうたいごう》が病《やまい》に倒れる……今の時点で、そんな話は漏《も》れ伝わってもきていない。それなのに、どうしてお前が知っている？　燦国に対し、独自の情報網でも持っているのか？　そうであるなら大したものだ」

青嘉と二人でいる時の雪媛の声音は、常とは少し異なる。彼女の素《す》が混じって、気負いのない、そしてわずかに甘さを含む声で彼の名を呼ぶ。それはクルム以来、青嘉にのみ向けられるものだった。

だが今は、罪人を前にしたように硬質で、冷えた声音が響く。

それは、初めて出会った頃の彼女を思い起こさせた。

ふとした瞬間に敵意と殺気が滲《にじ》み、瞳の奥に絶望と憎しみを湛《たた》えていた、あの頃。

「どうした。なんとか言ったらどうだ」

声を荒らげるわけでも、苛立《いらだ》って責め立てるわけでもない。

だがそれは、決して誤魔化しを許さぬ強い意志を感じさせる口調だった。

青嘉は、ぎゅっと拳を握りしめた。

「雪媛様、俺は」

(どうして今なんだ。どうして、今日なんだ)

懐《ふところ》の中にある、簪《かんざし》のわずかな重みを感じながら、青嘉は口を開いた。

「俺は一度、あなたのいない未来を生きたのです——」

刺客《しかく》によって雪媛が暗殺され、碧成《へきせい》と芙蓉《ふよう》の間に生まれた子が次の皇帝になったこと、その後青嘉が将軍として五国統一を成し遂《と》げたこと、やがて尹《いん》族に対し追放令が出されたこと──青嘉は己が見た未来の姿を、ひとつひとつ語っていった。

雪媛は、黙って聞いている。

その瞳は驚愕《きょうがく》と困惑《こんわく》で揺れながらも、しかし決して口を挟むことはしなかった。

「俺はそこで、尹族の玉瑛《ぎょくえい》という娘に出会いました」

その名が挙がると、雪媛がひくりと息を呑むのがわかった。

「粗末な衣《ころも》を着た、奴婢《ぬひ》の少女でした。彼女は初めて会った俺を見て、名を呼びました。王《おう》青嘉将軍、と」

雪媛の身体が、微《かす》かに震えている。

「俺に助けを求めた玉瑛を……俺は、助けることができませんでした。玉瑛は兵が放った矢を受けて倒れ、俺の目の前で息絶えました。そしてその直後、俺もまた、殺されたのです」

「殺された？」

青嘉は頷《うなず》く。

「陛下の命《めい》だと、俺を殺した男は言いました。俺の存在はいつの間にか、陛下にとって脅《きょう》威《い》となっていたようです。……死んだのだと、思いました。しかし目が覚めると、俺は十九歳で、あなたが暗殺される数日前に戻っていました」

今も明確に思い出すことができる、あの死の間際《まぎわ》の感覚。

　それは、確かに存在した出来事だった。

「すぐにあなたのもとへ向かい、刺客を斬り伏せ、あなたは生きながらえた。――俺の知る歴史は変わりました。あなたは今、ここにいる。最も玉座《ぎょくざ》に近い位置に」

　話し終え、青嘉は恐る恐る雪媛の様子を窺《うかが》った。

　自《みずか》らを押さえ込むように、彼女はじっと身を強張《こわば》らせている。青嘉を見ようとはせず、浅い息で胸をわずかに上下させていた。

「何故――」

　ぽつりと、雪媛が言った。

「何故、今まで、黙っていた」

「信じていただけるとは、思っていませんでしたので。自分でも、何故こんなことが起きているのか、夢ではないのかと何度も思いました」

　それは本心だった。今でも、すべて夢だったのではないかとさえ思う。

「何より、未来を語るあなたが、きっと俺と同じように時を遡《さかのぼ》ってきたのだろうと――そしてあの玉瑛という娘が、未来のあなたであったのだろうと――そう考えはしたものの、口にする必要はないと思ったのです。俺が成すべきことは、あなたを守ることです。それは変わりません。これまでも、これからも――」

「機会はいくらでもあっただろう！」

どん、と雪媛が拳を机上《きじょう》に叩きつける。

「どうして……っ」

「雪媛様」

雪媛の大きな黒い瞳には、懊悩《おうのう》と怒りが渦巻いているのがありありと見て取れた。

「出ていけ」

「雪え――」

「出ていけと言っている！」

その激しい語気に、青嘉は口を噤《つぐ》んだ。

話せば雪媛が驚き、困惑するであろうことは想像がついていた。

しかし、この怒りが一体何に起因《きいん》するのか、青嘉にはわからず戸惑《とまど》った。ずっと黙っていたことに、腹を立てているのだろうか。

(ともかく今はこれ以上、混乱させるべきではない)

一歩後ろに下がると、青嘉は静かに頭《こうべ》を垂れた。

雪媛はこちらを見ようともせず、震える拳を握りしめていた。

「――失礼、いたします」

天を衝《つ》くような無数の竹が、風に揺れている。

ざわざわと囁《ささや》くその合間を、玉瑛は息を切らして駆け抜けていた。

早く逃げなくてはならない。誰かが追いかけてくる。

誰かが――あの男が――。

王青嘉が、近づいてくる。

あの頬傷の将軍が、殺しにやってくる。

しかしそれはどこか、記憶とは異なる情景だった。

「玉瑛、とは、そなたのことか」

彼女は震えた。何故、彼が自分の名を知っているのだろう。

「どうか、お情けを――」

すると頬傷の将軍は、優しい声音で語りかけてくる。

「怯《おび》えずともよい。危害を加えるつもりはない。――玉瑛か？」

恐る恐る頷くと、彼はどこか安堵《あんど》したような表情を浮かべた。

「こちらへ来なさい」

差し伸べられた手は、武骨で大きい。

彼女は迷った。

「案ずることはない」

老将軍の姿が歪《ゆが》み、いつの間にか若々しい青年の姿に変化する。それは、すでに見慣れた、そして誰より信ずるに足る者の姿だった。

(青嘉！)

その腕の中に飛び込めば、もう安全だ。

そう思った彼女は、もう玉瑛ではなかった。

雪媛は、彼に向けて手を伸ばした。

突然、冷たい感触が胸を貫《つらぬ》いた。

世界が、暗転する。身体の内から、熱い血が溢《あふ》れ出すのを感じた。

見下ろすと、胸元が赤黒く染まっている。

「……ああ……」

眼前には、青嘉の顔がある。

その頰には、あの傷が。

「やはりお前に殺されるのか……」

絞り出した声は、呪いのようだった。

手を伸ばし、傷痕《きずあと》に触れる。それは、彼女のために負った傷、彼女のものであるはずだった。

(だが、私の王青嘉は、やはりあの、王青嘉将軍なんだ——)

青嘉の肩越しに、天に座す月が見えた。

禍々《まがまが》しいほど、美しく皓々《こうこう》と輝くそれは、冷たく彼女を見下ろしていた。


「————っ」

唐突に暗闇の中で目が覚めた時、自分が誰なのかわからなくなった。

玉瑛だろうか。

雪媛だろうか。

ぐっしょりと汗に濡れた身体を起こす。荒い息を吐きながら、自分が震えていることに気づいた。

(ここは——)

豪奢《ごうしゃ》な寝台に一人、ぽつんと座している自分が、皇帝の摂政《せっしょう》となり今や瑞燕国《ずいえんこく》で最も権力を持つ女であると思い出す。

(私は、柳《りゅう》雪媛だ)

まだ深夜だった。暗く静まり返った寝室で、雪媛は身を縮める。

「……燗流《かんる》、いるか?」

声をかけると、部屋の外から「はい」と返事があった。

ほっとする。ここは、あの竹林から、場所も時も遠く離れた場所なのだと、縋《すが》るように自分に言い聞かせる。

雪媛は再び横になったが、目を閉じるのが怖かった。

またあの夢を見るかもしれない。

「……燗流」

「はい？」

「……そこにいるな？」

「はい、もちろん」

「……うん」

そこにいるのは、青嘉ではない。

その事実に、安堵した。

安堵した自分を、雪媛は恐ろしく思った。

寝台を降りると、羽織に袖《そで》を通して外へと出る。燗流が「どうしました？」と驚いた。

「目が冴《さ》えてしまった。少し、歩く」

「承知しました」

燗流が気軽な様子でついてくる。

（昔、こんなふうに青嘉と夜を過ごした）

まだ碧成の妃《きさき》になる前。黄楊戒《おうようかい》が彼女のもとを訪れて、悪夢を見た夜。

あの時の青嘉は、まだ何も知らない若者だった。

頬に傷のない、まっさらな青年。

あの夜の時点では、未来はまだ何も定まっておらず、あらゆる可能性に満ちていたのだと今ならわかる。

そしてそれは、とても貴重で幸せな時間であったということも。


「雪媛様。お疲れのご様子ですが、少し休まれては？」

執務室を訪ねた江良《こうりょう》が、雪媛の顔を見て心配そうに言った。

中書令《ちゅうしょれい》となった雀熙《じゃくき》のもと、江良は中書舎人《ちゅうしょしゃじん》として勅命《ちょくめい》の起草《きそう》などの実務を担当している。連日こうして顔を合わせていれば、雪媛の変化にも気づいて当然だった。

脂粉《しふん》では隠しきれないほど顔色が悪いことを、雪媛も自覚している。

あの青嘉の告白以来、眠れぬ夜が続いていた。

毎晩毎晩、目を閉じれば繰り返し同じ夢を見てしまう。

そうして幾度も、王青嘉に殺される。

「少し寝不足なだけだ」

あれから青嘉とは、幾度か顔を合わせた。

だが互いに、前世に関する話題には言及しようとしない。事務的なやりとりだけを交わし、それ以上の会話も、ましてや触れ合いもなかった。

青嘉は時折、何か言いたげに彼女を見つめたが、その度《たび》に雪媛は思わず目を逸《そ》らしていた。

どうしたいのか、どうすればいいのか、自分でもわからない。

目の前の青嘉が、唐突に見知らぬ人物になってしまったようだった。

なにより、彼の頰傷を見ると思い出してしまう。

あの、玉瑛を殺した王将軍を。

「青嘉と、喧嘩でも？」

「……違う」

「ここのところ、青嘉も同じような顔をしています」

江良は肩を竦《すく》めた。

「私は今、どんな顔をしてる？」

「暗く、苦しそうです」

「…………」

「青嘉に尋《たず》ねても、なんでもないとしか言いません。これがただの痴話《ちわ》喧嘩でしたら私も口は出しませんが、我が国の摂政殿が政務に支障をきたすようでは困ります」

「問題ない。仕事はきちんとこなしている」

「先ほど私がご報告した、逃戸検括《とうこけんかつ》の件、いかがいたしますか？」

「……江良に任せる」

「私が先ほど報告したのは、辺境警備の件ですが」

雪媛は片手で目を覆《おお》い項垂《うなだ》れると、大きく息をついた。

「……すまない。耳に入っていなかった」

「そのようです。今日はこれ以上お時間をいただいても無駄なようですね。とにかく、お休みください」

「嫌だ」

「雪媛様」

「眠りたく、ない……」

眠れば、また青嘉に殺されてしまう。そんな青嘉を、もう見たくない。

「嫌な夢を見る……」

江良が遠慮がちに尋ねた。

「どんな夢か、お聞きしても？」

雪媛は躊躇《ためら》ったが、しかし、江良であれば――玉瑛の先生であれば、話してもいい気がした。

「私が、殺される夢だ」

「青嘉はその夢に、関わりがあるのですか？」

「…………」

無言の雪媛に、江良は肯定《こうてい》と捉《とら》えたようだった。彼は外に向かって声をかけた。

「燗流」

「はい」

呼ばれて顔を出した燗流に、江良が命じる。

「雪媛様はお休みになる。寝室へお連れしてくれ」

雪媛は思わず身を乗り出した。

「江良！　私は休まないと――」

「目を瞑《つぶ》って横になっているだけで結構です。それだけでも少しは休まります。燗流、頼む」

「承知しました」

「行かないったら！」

伸びてきた燗流の手を振り払う。江良がやれやれというようにため息をついた。

「燗流、もう抱《かか》えていってくれ」

「え、いいんですか？」

「大丈夫だ。私がすべての責めを負う」

「わかりました」

燗流は躊躇《ちゅうちょ》する素振りもなく、ひょいと雪媛を抱え上げて肩に担《かつ》いだ。

「燗流！　勝手なことを――芳明《ほうめい》！　芳明！」

手足をばたつかせながら、助けを求めて芳明の名を呼ぶ。

駆けつけた芳明はその光景に唖然として、「どうなさったのですか？」と目を丸くした。

「芳明、雪媛様を少し休ませたい。寝室の用意を」

「は、はい」

「芳明！　違う、私は休まない！」

燗流の肩の上でじたばたしている雪媛に、芳明は渋面《じゅうめん》を作った。

「もう、雪媛様！　私もお顔の色が悪いから横になられたほうがいいと、何度も申し上げたでしょう？　江良殿、お願いします。こうでもしないと、言うことを聞いてくれませんわ」

「ええい、ここに私の命を聞く者は一人もいないのか！」

「おとなしくしてくださいませ。江良殿、御酒《ごしゅ》も用意いたしましょうか。少しは眠りにつきやすいかと」

「そうだな、頼む」

　そうこうするうちに、燗流によって問答無用に寝室へと運び込まれてしまい、抵抗しようにも寝不足故に力の出ない雪媛は、結局されるがままに寝台に横たわることになった。

「では、俺は外にいますので」

　燗流は雪媛の逆鱗《げきりん》に触れるのを恐れてか、逃げるように出ていった。酒を載《の》せた盆を手にした芳明が、苦笑しながらそれを見送る。

「雪媛様、お飲みになりますか？　強めのものをご用意いたしました」

「いらない……」

　酒が入ったところで、夢を見ないとは限らない。

「では、ここに置いておきますね」

「芳明、もういいからあまり動き回るな。お腹《なか》の子に何かあったらどうする」

　芳明が、はっとしたように動きを止める。

「とっくに気づいているぞ、馬鹿者」

「雪媛様……」

「浣絽《かんりょ》も戻ってきたし、鷗頌《おうしょう》もいる。私は大丈夫だ。だからもう、自分と家族のことを第一に考えていい」

　もとは純霞《じゅんか》に仕《つか》えていた侍女《じじょ》の浣絽は、雪媛が流刑《るけい》となって以来行方《ゆくえ》がわからなくなっていたが、この年の始めに皇宮《こうぐう》へと戻っていた。雪媛が罪に問われ、琴洛殿《きんらくでん》に仕えた女たちは後宮《こうきゅう》から追放されたが、浣絽とその他数名の宮女たちは、純霞の実家である安《あん》家の庇《ひ》護《ご》を受けて身を隠していたという。

純霞の死が芙蓉の陰謀によるものだと信じていた浣絽は、芙蓉が今もお咎《とが》めなしに暮らしていることにひどく反発し、雪媛に意見するため面会を求めてきたのだった。

雪媛が純霞から預かった文《ふみ》を彼女に渡し、かつての主《あるじ》が遠い地で生きていることを告げると、浣絽はすっかり泣き崩れた。

以来、再び雪媛に仕えながら、純霞の帰還を待ちわびている。

芳明はわずかに瞳を潤《うる》ませると、唇を尖《とが》らせた。

「……では、あまり心配させないでくださいませ」

芳明の手が、優しく雪媛の頬を撫でた。確かなぬくもりとともに、慕《した》わしい彼女の香りがした。

「こんな酷《ひど》い顔色で、子どもみたいに駄々をこねて……雪媛様こそ、もっとご自分のことを考えてください。そうでなければ、心配で離れられないではないですか」

「うん……わかった」

「ちゃんと、寝てくださいね」

「……うん」

「約束ですよ」

疑わしげに念を押され、雪媛は苦く微笑んだ。

「うん」

それでも芳明は、きっとわかっている。

雪媛が、芳明を安心させるために嘘をついていると。

「失礼いたします」

寝室に入ってきた江良は、二胡《にこ》を手にしていた。

「あら、江良殿。それは？」

「よい眠りにつくための道具だ。芳明、私がついているからしばらく休むといい」

「でも……」

雪媛も頷いた。

「そうしろ、芳明」

「……はい」

芳明が渋々出ていくと、江良は椅子を移動させて寝台の脇に腰を下ろした。

「江良、お前も戻れ。仕事があるだろう」

「今はこれが重要な仕事です」

江良は楽器を身体に引き寄せ、弓を構える。

「子守歌代わりか？　江良の二胡は初めて聴くな」

「自分で申し上げるのもなんですが、上手《うま》いですよ。妓楼《ぎろう》でも評判です」

　雪媛は苦笑した。

　彼が数多《あまた》の縁談を断り、時折妓楼に通っているのは知っている。それが、柔蕾《じゅうらい》を忘れられずにいるせいであることも。

　彼はこのまま、妻を娶《めと》ることはないのかもしれなかった。思い返せば、あの未来で出会った老人も、妻子がいる様子はなかった。

「それでは、退屈で仕方のない曲をご披露《ひろう》します」

「退屈な曲？」

「ええ。退屈過ぎて、きっとすぐ眠くなってしまいます」

「……眠りたくないんだ」

　もうずっと、瞼《まぶた》は重くてたまらない。くらくらするし、気が休まらず脈も常とは違うのを感じる。それでも、目を閉じるのが怖かった。

「大丈夫ですよ」

　江良の声は優しかった。

「ずっと、こうして弾《ひ》いています。あなたが眠ってからも、ずっと。だから雪媛様が夢を見るとしたら、この曲の夢です。ああ、退屈な曲を江良が弾いているな、と思ってください」

弓が弦を滑って、深い音を鳴らした。

囁くようなゆるやかな旋律が、静かに響き渡る。

なるほど確かに、随分《ずいぶん》と抑揚《よくよう》の乏《とぼ》しい、退屈な曲である。それでも、彼の優れた技量ははっきりとわかった。ついつい聴き入ってしまう。

仕方なく枕に頬を預けながら、雪媛は江良に目を向けた。

玉瑛が唯一《ゆいいつ》、心安らげる場所をくれた人。学ぶことの楽しさを教えてくれた人。彼が与えてくれた知識が、今の柳雪媛の力だ。

「一体、どれだけ弾き続けるつもりだ？　もし私が夜まで眠りこけたら、手が攣《つ》ってしまうぞ」

江良はふ、と微笑む。

「ご安心を。さぁ、目を瞑ってください」

実際、もう限界に近かった。堪《こら》えきれず、言われるがまま重くてたまらなかった瞼を、ゆっくりと落とす。

彼の弾く単調な曲は退屈ではあったが、睡眠不足で神経が過敏になっていた雪媛にとっては、ひどく心地よいものだった。

もはや身体は抗《あらが》えなかった。強固な意志によって気を張り、意識を保っていた雪媛であったが、何かがぷつりと切れたように、力が抜ける。

すとん、と吸い込まれるように、意識が深いところへと落ちていくのがわかった。

どこまでもどこまでも、沈んでいく。

身体が重たくて、浮かび上がることができないのだ。真っ暗で何もない世界を、雪媛は漂った。

ふと気がつくと、見覚えのある老人の背中があった。

周囲を見回す。

玉瑛が通った、蓮鵬山《れんほうざん》の山中だ。傍《かたわ》らには、老人の庵《いおり》が建っている。

彼は倒木に腰掛けて、二胡を奏《かな》でていた。

そんなものを持っていたのか、と彼女は不思議に思いながら、ゆっくりと近づいていった。

「先生」

声をかけると、彼はこちらを振り返った。

皺《しわ》の刻まれた顔に優しい微笑みを浮かべながら、栗を焼いたんだよ、と手招きをする。

老人の隣に腰掛け、ほくほくの焼き栗を手に取った。

殻《から》を剝《む》き、口に含むと、その甘さがじわりと体中に広がった。思わず、笑みが零《こぼ》れる。

老人は、なんだかとても退屈な曲を弾いていた。

玉瑛は栗を頬張りながら、彼の演奏に耳を傾け続けた。

雪媛の居殿《きょでん》が近づいてくると、青嘉の耳に届いたのは伸びやかな二胡の旋律であった。その聞き覚えのある音色に、おやと思う。

出迎えたのは芳明ではなく、鷗頌であった。

「雪媛様は？」

「体調が優れず、お休みになっておられます」

「体調が？　何か病でも？」

「病というわけではないのですが。このところあまり眠れていらっしゃらないとのことで、ずっとお顔の色もよくなくて、私たちも心配していたところだったのです。ですが雪媛様は大丈夫の一点張りで……横になるよう江良殿が促《うなが》されて、ようやく床《とこ》におつきになられました」

「では、この二胡は」

「江良殿です。雪媛様が眠りにつきやすいようにと」

鷗頌は苦笑する。

「実は、傍《はた》で聴いているこちらまで眠くなってきてしまって……先ほどから、燗流殿も船を漕《こ》いでいます」

　見れば、確かに扉の脇に控えている燗流が、こくりこくりと頭を揺らしている。時折はっと目を覚ましては慌《あわ》てて頭を振り、なんとか意識を保とうと努《つと》めていた。

「わざと単調な曲を弾いていらっしゃるようですわ。もうどれくらいになるかしら、長いこと弾き続けておられます。お疲れにならないのかしら」

「江良が……」

　雪媛が眠れていない、と聞いて、それが恐らく自分のせいなのだろうと青嘉は悟った。

　雪媛はあの日以来、青嘉を真っ直ぐに見ようとはしない。なかったことにしようとしているのか、あの話題を口にすることもない。

「そうか。では、出直すとしよう」

「おいでになったことは、お伝えしておきます」

「――いや、伝えなくてよい」

「え、でも」

「いいんだ。雪媛様がゆっくりお休みになれるよう、気を配って差し上げてくれ」

「はい……」

　困惑したような鷗頌に背を向け、青嘉はその場を離れた。江良の二胡の音が遠ざかるのを感じながら、昔のことを思い出す。

悪夢にうなされ、眠れないでいる雪媛を背負って夜の山中を歩き回ったこと。やがてその背の上で、彼女が寝息を立てていたこと。クルムのユルタで、自分の腕の中に収まりながら眠っている安らかな寝顔。

足を止め、振り返った。

二胡の音はまだ、微かに風に乗って流れてくる。

彼女は今、どんな顔をしているだろう。

「あ、青嘉！」

愔寿《あんじゅ》が嬉しそうに駆けてくる。

「陛下」

少年の周囲には、乳母《めのと》や護衛の兵、宮女たちが付き従っていた。

「とりがいっぱいいたの！」

見れば少年の手には、孔雀《くじゃく》の羽根が握られている。

「鳥……ああ、御苑《ぎょえん》へ行かれていたのですか」

「しってる？　こんなおおきいの！」

頬を上気させて跳ねている少年に、青嘉は思わず微笑んだ。

「左様《さよう》でございますか、すごいですね」

「青嘉、きょうそうしよう！　もんまできょうそう！」

合図もなしに、愔寿がぱっと駆け出した。

仔犬のように軽い足取りで、華陵殿《かりょうでん》めがけて走っていく。

「まぁ陛下！　お待ちください！」

慌てて乳母たちが声を上げて追いかけようとするが、青嘉がそれを制した。

「お任せを」

青嘉は少年の後を追って走り、ほんのわずか彼より遅く門へと到着した。もちろん、愔寿を勝たせてやるために手加減した結果である。

「かったー！」

「ああ、負けてしまいました。陛下は足がお速い」

「まけたら、かったほうのいうことをきくのだぞ」

「おや、そうでしたか。ではなんなりとお命じください」

「うーんと、うーん……」

決めていなかったらしい。真剣に悩む姿が愛らしかった。

「陛下、ともかく中へ入りましょう」

少年を抱え上げて、青嘉は門を潜《くぐ》る。

すると、待ち構えていたように佇《たたず》む人影があるのに気づいた。独護堅《どくごけん》である。

「陛下、お戻りですか」

　愔寿を抱える青嘉に、護堅は含みのある視線をちらりと向けた。

「王殿。陛下とご一緒だったとは」

「先ほど、そこでお会いしたのです」

「まぁ、独大人《たいじん》。おいででしたか」

　追いついてきた乳母が、驚いて挨拶《あいさつ》する。

　護堅の横には、愔寿より少し年上の少年が三人、いささか緊張した面持《おもも》ちで並んでいた。

「陛下に遊び相手が必要ではないかと、この間話していただろう。今日からこの者たちが、陛下にお仕えする」

　少年たちはいずれも名家の子弟であろう。育ちのよさが一目でわかる。

　――やつは、平隴公主《へいろうこうしゅ》を陛下に嫁《とつ》がせるつもりなのさ。

　江良の忠告を思い出す。

（なるほど、こうやって陛下の周囲を自分の手駒で固めていくつもりか）

　恐らくこの少年たちの父親は、朝廷で護堅派に属するどこぞかの高官だ。

　前世でも、碧成と芙蓉の間に生まれた皇太子の取り巻きは、いずれも護堅の息がかかっていた。その後の治世においても、外戚《がいせき》として大きな権力を保持した男だ。同じことを、愔寿にするつもりなのだろう。

「陛下、さぁこちらへ」

護堅がにこやかに手を差し伸べる。悟寿を抱きかかえている青嘉に、こちらへ寄こせ、と言いたいらしい。

青嘉は無言で、少年の身体を降ろした。

「さぁ皆、陛下にご挨拶せよ」

少年たちは一人ずつ進み出て、自分より年下の少年に恭《うやうや》しく名を名乗った。当の悟寿はぽかんと、その様子を眺めている。

「独大人、陛下には年の近い遊び相手が必要であると私も思いますが……これは、雪媛様もご存じのことでしょうか？」

「この国の皇帝陛下がご自分が気に入った者を傍《そば》近くに置くことに、誰の許可がいるというのだね」

「ですが、警備にも関わってくることですので」

「王殿は、陛下に自分以外のお気に入りができてしまうのが、お困りかな」

「――は？」

あまりに見当違いな発言に、青嘉は一瞬意味がわからなかった。

護堅はにこやかに悟寿に近づくと、いかがですか、と尋ねた。

「いずれも陛下と一緒に勉学に励み、武芸を嗜《たしな》み、どこへ行くにもお供をする者たちでございます」

「かくれんぼもする？」

「ええ、ええ、もちろんでございます」

「じゃあ、たからものみせてあげる！」

こっち、と自分の居室に向かって再び駆け出す愔寿に、少年たちは慌ててついていく。

護堅は自身の髭《ひげ》を撫でながら彼らを見送ると、くるりと踵《きびす》を返した。あとは子どもたちに任せるつもりらしい。

「お待ちください。摂政である雪媛様の知らぬこととなれば、問題でございますぞ」

護堅は足を止めた。

「王殿は時折、朝方に摂政殿の居殿から出ていらっしゃるとか……」

「！」

「お父上は、大層立派な御仁《ごじん》であらせられた」

懐《なつ》かしむように、護堅は目を細めた。

「誰より勇猛で、義に厚く、高潔で道義を重んじられるお方であった。今の貴殿の姿を見れば、どう思われるかな」

青嘉は、ぐっと拳を握りしめる。

特別親しかったわけでもないというのに、したり顔で父について語られたくない。

「陛下が成人なされるまで、我らは立派に導かねばならぬ。それが臣下たる者の役目だ。

いずれ陛下のご親政《しんせい》が始まれば、摂政殿の天下は終わる。……王殿も、賢く立ち回られるべきでは？」

「私は武人ですので。戦場で己の役目を全《まっと》うするだけでございます」

「なるほど。女の目には、そのように勇猛な男が魅力的に映るもの。王殿の男ぶりであれば、神女といえどもひとたまりもないのでしょうな。――褥《しとね》で一言囁けば、思うがままに栄華《えいが》を極められる」

「独大人。雪媛様を貶《おとし》めるようなお言葉は、聞き捨てなりません」

「勘違いめされるな。私はそなたを案じておるのだ」

「結構です」

「男女の情とは儚《はかな》いもの。いずれそなたへの寵愛《ちょうあい》が失われる日も来よう」

「失礼いたします」

これ以上話しても時を無駄にするだけだ、と青嘉はすぐさま踵《きびす》を返そうとする。

雪媛に報告の必要があるだろう。彼女は愔寿の周囲に置く人物については、かなり厳しく選別している。愔寿が大きな後ろ盾《だて》を得ないよう、今から注意を払っているのだ。

「王殿、そなたは王家の当主だ。きちんとした妻を迎える必要があるのではないか」

「は……？」

突然何の話だ、と青嘉は思わず足を止める。

「私の姪《めい》に、年頃の娘がいる。大層器量もよく、つつましやかで優しい娘だ」

青嘉は呆気《あっけ》にとられた。

言わんとしていることはすぐにわかった。

護堅は自分の姪を、青嘉に娶《めあわ》せようと持ちかけているのだ。

「申し訳ありませんが、そのつもりはございません」

「では、後継ぎはどうされる」

「兄の子がおりますので」

「聞くところによると、甥御《おいご》は足が悪いそうではないか」

志宝《しほう》の怪我《けが》については、雀熙《じゃくき》に師事することになってからというもの、もはや秘する必要はなくなっている。だからといって、独護堅の耳にまで入っているというのが不愉快であった。

「武門の名家、王家の跡取りがそれでは、お家の存続が危うい。自身の子をもうけるべきであろう。……まさか、摂政殿が王家に入られるとでも？」

「とにかく、お断りいたします」

「すぐに結論を出す必要はない。よくお考えになるがよろしかろう」

「失礼します」

護堅から顔を背《そむ》け、青嘉は足早にその場から立ち去った。

護堅の提案を受け入れることなどあり得ない。彼の血縁を妻にするということは、護堅の陣営に与《くみ》するということだ。そもそも雪媛の存在がある限り、ほかの誰かを娶《めと》ることなど考えられなかった。

そう思いながらも、青嘉は足取りが重くなるのを感じた。

護堅の言葉は、実際痛いところを突いていた。

雪媛は彼に隣にいてほしいと語ったが、皇帝を目指す彼女が王家に嫁入りすることはあり得ない。これまで『皇帝の夫』というものはこの世に存在しなかったので、それをなんと呼ぶのかは不明だが、その立場にありながらも王家の当主として在《あ》ることはできるのだろうか、と青嘉の中には不安が兆《きざ》していた。

(雪媛様は、どうお考えなのか……)

そもそも雪媛とまともに話せもしない今の状態では、二人の今後についてのことなどすっかり遠ざかってしまっている。

「あらぁ、青嘉ちゃん！」

日が暮れる頃王家に戻った青嘉は、飛び出してきた金孟《きんもう》に思いきり飛びつかれた。

肉厚な身体に力いっぱい抱きしめられ、ぐっと息が詰まる。

「……これは、金孟殿。お久しぶりです。ここで何を」

「会いたかったぁー！　んもう、全然顔出してくれないんだものぉ！」

「それは、申し訳なく……」

　すると金孟の背後から、東睿《とうえい》が姿を見せた。

「こんにちは、青嘉さん」

「東睿、お前も一緒か」

　金孟のもとに預けられている東睿は、少年らしく髷《まげ》を結って商人然とした恰好《かっこう》をしている。こうして見れば線は細いもののしっかりと男の子であり、彼が実は先帝の皇后《こうごう》役を務めていたなどと思う者はいないだろう。

「こちらの奥様への贈り物を選びたいとご要望をいただいたので、よさそうな品をいくつか持ってまいりました。僕は今日は見習いとしてついてきたんです。今、金孟さんに商《あきな》いを教わっているんですよ」

　珠麗《しゅれい》への贈り物を用意したいと志宝が言うので、家令《かれい》に手配するよう命じてあったのを思い出す。

「そうか。元気でやっているようだな」

「はい、とても楽しいです。金孟さんも親切にしてくださいますし」

「当然よぉ、私ほど親切な人間はこの世にいないって有名なんだから！　それに、この子ってば仕込みがいがあるわ～。まぁ最初はね、小娘みたいな顔して潼雲《どううん》ちゃんや飛蓮ちゃんとも仲良かったりして、気に食わないなって思わなくもなかったんだけどぉ～」

「はい、散々いびられました」

さらっと言う東宮に、「だまらっしゃい！」と金孟が食ってかかる。

「嘘よ！　冗談よ！　私がそんなことするはずないじゃない！　ね、青嘉ちゃん、何度だって言っちゃうけど、私ほど優しい人間はこの世にいないって評判なんですからね！」

青嘉の腕を掴んで揺さぶりながら主張する金孟に、青嘉は、

「はい、金孟殿ほどお優しい方はおられないかと」

と相槌《あいづち》を打ってやる。

ぱっと金孟の頰が染まった。

「そうなのよ〜。それでね、この子に勘定《かんじょう》の仕方も客あしらいも手取り足取り優しく教えてあげたわけよ。そうしたらす〜ぐに飲み込んで、要領よくこなすんだもの、びっくりしたわ〜。この間もね、いきなりすんごい上客取ってきて、もう大儲《おおもう》けよ〜。雪媛が見込んだだけのことはあるわねぇ」

「それはよかった」

「ねぇ青嘉ちゃん。さっき、志宝ちゃんにいろいろと品を見せたんだけどね」

「志宝が選んだのですか？」

「ええ。お母さんにあげるんだ、って一生懸命選んでたわよ〜。……それでね青嘉ちゃん、あの子、足を怪我して、もう治らないって聞いたけど」

「……ええ」

金孟が青嘉の袖を引いて、こそっと声を潜《ひそ》ませる。

「あのね、西域《せいいき》の医者に診《み》せたらどうかしら？　私、そっちの方にもちょっと伝手《つて》があるのよ」

「西域の医者、ですか」

「向こうの医学なら、もしかしたらいい治療法があるかも。わからないけど、試してみるのはありじゃないかしら」

「それは……できることなら、是非」

「よしっ、じゃあ手配してみるわね」

「金孟殿、感謝します」

「うふふ、いいのよ。代わりに青嘉ちゃんが一晩付き合ってくれるなら、なんでもしちゃ～う！」

しなだれかかってくる金孟に、青嘉は身を強張らせた。

「……もちろん、出来得る限りのお礼はさせていただきたいと思います」

「きゃあ、やったぁ！」

目を輝かせる金孟は、踊るように跳ね回った。

東睿が心配そうにこそっと囁く。

「いいんですか、一晩？」

「睡眠薬を手に入れておくから、その時が来たら金孟殿の酒に混ぜてくれるか」

「承知しました」

得心《とくしん》したように東睿が頷く。

「そうと決まったら急がなくちゃ！　帰るわよ〜東睿！」

「はい。では青嘉さん、失礼します。雪媛様にもよろしくお伝えください」

「わかった」

騒がしく去っていく彼らを見送り、青嘉は家令に何を購入したのか確認した。

志宝は絹地をいくつか選んだらしかった。母に似合うだろう、と言って。

珠麗の喜ぶ顔が目に浮かんだ。それは贈り物に対してではなく、久しぶりにその手に抱くことのできる息子に会えた嬉しさに満ち溢れているはずだった。

四章

久しぶりに深い眠りについた雪媛《せつえん》は、目を覚ますと身体が軽く、頭がすっきりしているのを感じた。

ゆっくりと上体を起こす。

寝ている間もずっと弾《ひ》き続けると豪語していた江良《こうりょう》だったが、音は止《や》んでいた。さすがにもう下がったのだろうと思ったが、寝台を降りようとして思わず声を上げそうになった。

寝台に背を預けるようにして、二胡《にこ》を抱《かか》えたままの江良が眠りこけているのである。

雪媛はくすりと笑って、その寝顔を眺める。

きっと、本当に長い間弾き続けてくれたのだ。

その音色は夢の中に確かに響いて、彼女を包み込んでいたのだから。

「……ありがとう、先生」

小さく呟《つぶや》くと、そっと彼の額《ひたい》を指で突《つつ》いた。

江良ははっと目を覚ました。そして、うっかり眠り込んでしまったと慌《あわ》てて二胡を構え直したが、すぐ目の前に雪媛がいることに気づき、「あ」と声を上げる。

「目が、覚めましたか」

「うん。ずっと弾き続けてくれるんじゃなかったか？」

わざと意地悪く尋《たず》ねてやる。

「面目《めんぼく》ございません。弾き手まで眠りに誘うほど、覿面《てきめん》に退屈な曲という証明ですね」

雪媛はくすくすと笑った。

「いい。おかげでよく眠れたし……嫌な夢は見なかった」

「それはよかった」

ほっとした様子の江良は、優しい微笑を浮かべた。その笑い方は、記憶の中のあの老人と同じだ。

雪媛は摂政《せっしょう》となって以来、初めて心が休まるのを感じた。彼の傍《そば》なら、安全だと——それは玉瑛《ぎょくえい》の感じていた安心感であり、全幅《ぜんぷく》の信頼でもあった。

自分でも思いもよらぬ言葉が口をついて出たのは、そのせいだったのかもしれない。

「江良。過去に戻る——ということがあると思うか？」

「え？」

「一度別の生を生きて、その命が尽きた後《のち》、何十年も過去に遡《さかのぼ》って新しい生を歩む……そういうことは、あるのだろうか」

「過去に、ですか」

思わず尋《たず》ねてしまったが、自分と青嘉《せいか》の身に起きたこの不可思議な現象の説明などつくはずもなかった。ただ『先生』なら何か答えをくれるかもしれない、という気がしたのだ。

雪媛は苦笑する。

「……いや、おかしなことを訊《き》いた。ちょっと、そんなことを思っただけで……」

「もし、過去に戻れるなら」

江良がぽつりと言った。

「雪媛様は、どうなさいますか」

自分はすでに一度、過去に戻っている。もしもまた、柳《りゅう》雪媛としてやり直せるとしたら
どうだろうか。

いくつもの顔が浮かんだ。

秋海《しゅうかい》が、あんな酷《ひど》い怪我《けが》をすることのないようにできたら。猛虎《もうこ》が、今も生きていられるように運命を変えられたら。柔蕾《じゅうらい》を救い、冠希《かんき》も幸せに暮らせていたら。尚宇《しょうう》を、自分や尹《いん》族の軛《くびき》から解き放ってやれたら。志宝《しほう》が落馬しないように。珠麗《しゅれい》が平穏に暮らせるように。それから――それから――。

後悔は、多い。

「私は……」

だが、口をついて出たのは自分でも意外な言葉だった。

「また、同じ道を歩む気がする」

そう言った自身に、少し驚いた。

だが、それ以外の答えはないとも思った。

（これまで出会った相手、起きた出来事、そのすべてが今の私と、この世界を形作ったのだから）

真っ先に思い出すのは、青嘉の顔だった。

彼の頬に傷がついた、あの瞬間。

雪媛も青嘉も、あの時からずっとともに生きて、ここにある。

「江良は、もしも過去に戻れたらどうする？」

江良は少し首を捻《ひね》った。

「私ですか……。私も、やはり同じ道を歩むのではないでしょうか。よいことも悪いことも、すべてその時の己《おのれ》が最善を尽くして歩んだ結果です。そうして今、ここにある自分とこの世を、否定したくありませんから」

ただ、と江良は、少し躊躇《ためら》いがちに言った。

「柔蕾が後宮《こうきゅう》へ入ることだけは、止めるかもしれません」

哀《かな》しみが彼の表情を一瞬、通り過ぎていく。

それが彼の人生最大の後悔なのだ、と雪媛は悟った。

「……そうだな」

江良は弦を軽くつま弾く。

「雪媛様。青嘉と、よく話をなさってください」

「え？」

「雪媛様の相手は、この世にいて、すぐ傍にいるのです。その目を見て、声を聞いてください。思うことがあるなら、互いにその気持ちをきちんと見せ合うことができます」

「江良……」

「一人で思い悩むと、悪いことばかり考えてしまいますから」

雪媛は一体何が一番己の心に引っかかっているのか、わかった気がした。

青嘉が玉瑛を――自分を殺した男であるという事実を改めて突きつけられたことは、もちろん彼女の心をひどくかき乱していた。

しかし、今の青嘉が決してあの未来に繋がる人物でないことは、雪媛が一番よくわかっている。

誰より、信じていたからだ。

いつも隣にいて、すべてさらけ出して、互いに知らぬことなどないと思っていた。

だからこそ、あんな大事なことをずっと黙っていたことが、許せなかったのだ。

それだけではない。

志宝のことも、秋海のことも、彼は雪媛に隠していた。

この男は、自分の横で、まるで息をするように嘘がつけるのだと、知ってしまったのだ。

——雪媛様は、永遠に青嘉殿をお信じになれるのですか？

雀熙《じゃくき》の言葉が、雪媛の胸の奥で染《し》みを広げていった。


眠れない夜は続いた。

そんな時には江良を呼び出して二胡を弾かせたり、囲碁《いご》の相手をさせてやり過ごす。そうすれば、あの夢を見なくて済んだ。その度《たび》、江良は何か言いたげではあったが、それ以上口を挟むことはなかった。

青嘉はこのところ、雪媛のもとに滅多《めった》に顔を出さなくなった。

将軍位に就任したことで、やるべきことは山積《さんせき》しているということもあるが、それでも明らかに足が遠のいている。

自分が彼を避けているのを見抜いているからだろう、と雪媛は思った。

そんなふうに、青嘉は雪媛の気持ちを察する。それほどに彼女のことを理解する存在なのだ。

そう思いながらも、雪媛は足を踏み出せずにいる。

そんなある日、飛蓮《ひれん》が小さな箱を手に雪媛のもとを訪れた。

「これを雪媛様に渡してほしいと、眉娘《びじょう》から預かってまいりました」

箱を開くと、ふわりと懐《なつ》かしい香りが漂った。

眉娘は今も、飛蓮の屋敷で暮らしている。柳家で引き取ることも考えたが、彼女を絵師のもとで学ばせるという約束を責任をもって果たしたいという飛蓮が、引き続き預かると申し出たのだ。

「これは……」

「眠気を誘う香だそうです。雪媛様が最近、寝つきがお悪いと燗流《かんる》殿から聞いたようで、これをどうしても、と。以前この香を雪媛様の枕元に置いたところ、効果があったとか」

「ああ」

雪媛は苦笑した。

「反州《たんしゅう》に配流《はいる》になっていた時のことだ。眉娘と燗流が、こっそり私に嗅《か》がせていて。最初は一体どんな罠《わな》かと疑ってかかったんだ。口に入れるものにすら警戒していたから……あの時は、二人には悪いことをした」

「どうぞお試しになってみてください。政務が忙しく、お疲れなのでしょう」

「眉娘に礼を伝えてくれ。最近はどうしている?」

「毎日絵を描いていますよ。最初は師匠に随分《ずいぶん》厳しく当たられて苦労していたようですが、絵筆を手にしている時の顔は相変わらず生き生きしています。声をかけても気づきもしないし、食事や寝ることすら忘れている時があって、柏林《はくりん》が随分気をつけてやってます」

　飛蓮は笑いながら肩を竦《すく》める。

「でも、雪媛様の話を聞いた途端、筆を置いて慌《あわ》ててこれを用意してきたんです。すぐに渡しに行ってくれとうるさいので、まずはお前が眠れと叱《しか》っておきました」

「ふふ。楽しそうだな、司家《し》は」

　ありがたく箱を受け取る。

「使わせてもらおう。確かにこの香はよく効いた。浣絽《かんりょ》、これを寝所《しんじょ》へ」

「承知いたしました」

　箱を手に浣絽が退出していくのを見送って、飛蓮が口を開く。

「芳明《ほうめい》には暇《ひま》を出されたのですか？　子ができたとは聞いていましたが」

「腹が大きくなっても務めを果たすと言って聞かないから、無理やり皇宮《こうぐう》への出入りを禁止にした。万が一のことがあったら、私が耐えられない。絶対に元気な子を産んでもらわねば」

「芳明の気持ちもわかります。お傍で雪媛様にお仕《つか》えできないとなれば、私も駄々をこねますよ」

　雪媛はくすりと笑う。

「嬉しいことを言ってくれる。それで、今日はどうした？　香を届けに来ただけではないのだろう」

　飛蓮は少し居住まいを正す。

「はい。吏部尚書《りぶしょうしょ》であった文《ぶん》氏のご子息、文熹富《きふ》殿にお会いすることができました」

「見つかったか」

「ええ、江良殿のご学友であったとか。江良殿が要職に就《つ》かれたことを知って、朱《しゅ》家に文《ふみ》を送ってこられたのだそうです。今なら身分を回復し、文家を再興できるのではないか、と。父親は自害、兄二人もすでに亡くなっています」

　独護堅《どくごけん》を裁くため、雪媛と飛蓮は密《ひそ》かに証拠を揃《そろ》えるために動いている。その中で注目したのが、没落した文一族についての疑惑だった。

「文氏は独護堅の告発により、まずは金銭的な諸々《もろもろ》の不正が明らかにされました。これ自体は事実、文氏は随分と私腹を肥やしていたようです。しかしさらに独護堅は、その詮議《せんぎ》の過程で、文氏が敵国に通じ、不正に得た金品を贈っていた証拠を摑んだと主張した。この謀反《むほん》の罪が文氏の命取りとなったわけですが、これについては熹富殿は濡れ衣《ぎぬ》であると訴えています。そして当時、文氏の屋敷が検《あらた》められるひと月ほど前から、寥瑀《りょうう》殿がよく父君を訪ねてきたとか。寥殿はそれまで下級官吏《かんり》に過ぎなかったのが、この事件の後に吏部尚書となった叶氏《きょう》の推挙で吏部郎中《ろうじゅう》に抜擢《ばってき》されております。叶氏はかねてより独護堅の腰巾着《こしぎんちゃく》です。謀反の証拠として文氏の屋敷から押収された書簡も、寥殿が持ち込んだものではないかと熹富殿は申しておりました」

「寥瑀が……」

寥瑀は碧成の治世下では、戸部《こぶ》尚書を務めていた男である。護堅の派閥とは距離を保って中立の立場にいるように見えたが、実際は繋がりがあることを上手《うま》く隠していたということか。

「以前私が独護堅の奥方に近づいていた際にも、寥殿の名は耳にしたことがありませんでした。それほどに繋がりを秘するところを見ると、ほかにも護堅の命《めい》で暗躍していた可能性があるかと」

「飛蓮の父君の件にも、関与しているかもしれないな」

「はい。残念ながら私は幼かったので彼に関しての記憶はないのですが、当時司家に仕えていた使用人で何か知る者がいないかと思い、現在消息を追っているところです」

「なるほど。寥瑀を調べれば、護堅に繋がるか」

「熹富殿の身柄は安全な場所に移しております。大事な証人ですので」

「うん、よろしく頼む」

「独護堅は、本気で陛下と平隴公主《へいろうこうしゅ》の縁組みを考えているようですね」

大きく息をついて、雪媛は深く椅子に座り直す。

「いかにもやつの考えそうなことだ。娘がだめなら今度は孫か。——その前に、我らが先手を打つ」

「ええ、そのつもりです。雪媛様、その件でひとつ、気になることが」

「なんだ?」

「護堅が、姪《めい》の縁談を進めようとしているのです」

「姪?」

「ええ。その縁談相手というのが……青嘉殿だというのです」

あまりにも意外な内容に、雪媛は目を瞬《しばた》かせた。

「青嘉と?」

「その姪自身が浮かれてあちこちで吹聴《ふいちょう》しているというので、独家に探りを入れてみたところ、実際にそういう話が持ち上がっているのは間違いないようです。独護堅は姪を嫁がせることで、王《おう》家を自陣に取り込むつもりなのではないでしょうか」

「青嘉には確認したのか?」

「はい。本人が仰《おっしゃ》るには、確かにその話はもちかけられたが、断った、と」

当然だ、と安堵《あんど》する。

同時に、青嘉がその件について彼女に何の報告もしなかったことに、わずかながら引っかかりを覚えた。

「なるほど。私の周囲にいる者を切り崩そうという腹か。そのうち、飛蓮や江良も狙われるかもしれないな。名家の当主、あるいは跡継ぎで独身とあれば、恰好《かっこう》の標的だ」

「青嘉殿は時折、陛下のお相手をなさっているようですね」

「……ああ」

それもまた、雪媛にとってはおもしろくないことだった。雪媛の忠告を無視して、後で自分が苦しむようなことをする。

「先日、陛下の遊び相手となる少年たちを、護堅が勝手に決めてしまったことがございましたでしょう。結局その後、雪媛様はお認めになられましたが……」

「当面はな。そのうち、私が改めて選定し、全員入れ替えるつもりだ」

「陛下に仕える宮女によると、その遊び相手を陛下に引き合わせる際、青嘉殿も同席していたとか」

「……だから？」

「雪媛様。本当に……護堅と青嘉殿に、繋がりはないのでしょうか？」

まさか、と笑い飛ばそうと思った。

以前ならば、間違いなくそうしただろう。

しかし、何故かそれができなかった。

「飛蓮。青嘉がこれまで長く私に忠実に仕え、独護堅とは対立する立場にあったことは知っているはず。その上で、そう思う根拠があるというのか？」

飛蓮はわずかに表情を引き締め、頷《うなず》いた。

「はい」

「申してみよ」

「青嘉殿の義姉《あね》の、珠麗殿。調べたところ、彼女のもとに一昨日、来客がありました。息子の王志宝《しほう》、それと……青嘉殿です」

珠麗の名が出て、雪媛はわずかに息を呑んだ。

「……志宝が母親を訪ねるのは自由だと、申し渡してある」

志宝が彼女を訪ねることを、咎《とが》めるつもりはない。青嘉がそれに同行することも、あり得るかもしれないと思っていた。それも決して、禁じたりする気はない。

「珠麗殿の誕生日だったそうで、祝いの品として絹地を金孟《きんもう》殿から購入したそうです。これは、東睿《とうえい》に確認してあります」

「その話が今、なんの関係がある？」

「珠麗殿は、もともと独賢妃《けんひ》の侍女《じじょ》でした。護堅の意を受けた珠麗殿が、青嘉殿に接触していたとは考えられないでしょうか」

「珠麗は、独家とはもうなんの関わりもない。そもそも唐智鴻《とうちこう》が間を取り持っていただけだ」

「ええ、珠麗殿の監視は続けておりますし、独家との繋がりは今のところ見えておりません。ですが、その場で何を話されたのかは誰にもわかりません」

「穿《うが》ち過ぎだ。憶測に過ぎない」

「雪媛様。青嘉殿が彼女を訪ねるのは、これが初めてではないようなのです。高葉《こうよう》から戻る道中、青嘉殿は一人、隊列を離れて珠麗殿に会いに行かれたとか」

「青嘉が？」

「潼雲《どううん》から聞いた話ですので、間違いありません。そのこと、雪媛様はご存じでしたか？」

「……いや」

「珠麗殿の罪について、知る者は限られてはおります。しかし表向きは罪人ではないとはいえ、雪媛様を陥《おとし》いれた女人《にょにん》でございます」

「あれは、義理堅い男だ。罪人とはいえ、義姉を放っておける性質ではないことは私がよく知っている」

「ですが、一言あってもよいのではありませんか。身内とはいえ、相手は仮にも罪人。青嘉殿が実直なお人柄《ひとがら》であると私も存じておりますが、だからこそ、雪媛様にご報告もないというのが気になります。何事も、筋を通すお方であると思っておりましたので」

　飛蓮の言葉が、雪媛の胸に鉤爪《かぎづめ》のように食い込んだ。

悟られぬよう、平静を装《よそお》う。

「飛蓮。お前は、青嘉が独護堅に与《くみ》していると本当に思うのか？」

「問題は、そのように見える、ということです。雪媛様のお傍に侍《はべ》る以上は、振る舞いや言動に気をつけられるべきでしょう。あまりに無自覚に過ぎます。ただでさえ、陛下に取り入っているなどと噂が立っておりますのに」

「……確かに、青嘉が軽率であったな」

言いながら、雪媛はやはり青嘉ときちんと話をすべきだと思った。いつまでも避けているわけにはいかない。

「私から、よくよく注意しておく」

「差し出がましいことを申しました。お許しを」

「いや、よく言ってくれた。皆、私と青嘉のこととなると遠慮するだろう。これくらいはっきりと意見してくれるほうがよい。今後も、私に行き届かぬところがあれば遠慮なく指摘してほしい」

飛蓮の顔に、安堵と同時に喜色が浮かぶ。

「承知いたしました」

「寥瑀《りょうう》の件、頼んだぞ。もう下がっていい」

「はい。失礼いたします」

飛蓮が退出して一人になると、雪媛は今耳にした話を反芻《はんすう》した。

（独家の娘との縁談？　珠麗に会いに行った？　二度も――）

縁談は断ったというし、珠麗に会いに行ったのも志宝のためだろう。それは容易に想像できることだった。

それなのに、雪媛は己の胸の内がひどく荒れるのを止めることができなかった。思いはぐるぐると巡り続け、暗く淀《よど》んだ気持ちばかりが心の底で這《は》いずり回る。

――一人で思い悩むと、悪いことばかり考えてしまいますから。

江良の声が蘇《よみがえ》る。

「鷗頌《おうしょう》、いるか？」

声をかけると、鷗頌が顔を出した。

「はい、雪媛様」

「青嘉を――呼んでほしい」


青嘉は、己の手の中にある翡翠《ひすい》の簪《かんざし》を見つめていた。月明かりがその淡い緑を照らし、角度によって違う顔を見せる。

その陰影の移ろいに重なるように思い返していたのは、先日志宝を連れて珠麗のもとを訪れた際に、彼女が語った内容だった。

「青嘉殿が雪媛様に贈ろうとされていた簪……あれを捨てたのは、私です」

あまりに思いがけない話に、青嘉は最初、何を言われたのかよくわからなかった。

「どういう……ことです」

「青嘉殿が雪媛様のお部屋の前に簪を置かれるのを……私、見ていたんです」

わずかに目を伏せながら、しかし珠麗は怯《ひる》む様子もなく語った。すべての膿《うみ》を出しきろうと、覚悟を決めているようだった。

「義姉上……」

「あの時、私は志宝が怪我をしたことで、雪媛様を恨めしく思っていました。その上青嘉殿まで、あの方に奪われる……そう思ったら……気がついた時には、簪を池に投げ捨てていました」

申し訳ございません、と珠麗は深々と頭を下げた。

「もっと早く、お話しするべきでした。雪媛様にも、お詫《わ》びせねばならぬことでしたのに」

彼女が芙蓉《ふよう》に紅花《べにばな》を盛ったのは、そのすぐ後のことだ。

彼女の懺悔《ざんげ》を聞いて、青嘉は愕然《がくぜん》とした。

己の行動が珠麗を罪へと駆り立てる一端となっていたことに、いまさら気づいたのだ。

(どうして、こうなってしまったんだ)

手元に戻ってきた簪は、雪媛に渡せぬままだ。

穏やかに流れる川に面した長詩亭《ちょうしてい》は、行燈《あんどん》に照らされてぼんやりと闇の中に浮かび上がっている。鷗頌に呼ばれるがままこの四阿《あずまや》へやってくると、少々お待ちください、と彼女は姿を消した。それきり、青嘉は天を渡る船のような三日月の下、懐から取り出した簪を手に雪媛を待ち続けている。

川辺では、わずかな数だが蛍が舞い始めていた。

ふっと現れては消えるその儚《はかな》い輝きに、もうそんな季節か、と思う。明滅し浮遊するその動きは、穏やかな水面《みなも》で小舟が浮かんだり沈んだりするように、ゆらゆらと眼前を行ったり来たりする。

密やかな足音が聞こえた。

闇の中に、消え入りそうな蛍とはまったく異なる光が宿る。

それは行燈の輝きであったが、青嘉の目には、それよりも強く輝くものが見えた気がした。

雪媛が、ゆっくりとこちらへやってくる。その瞳が、ひたと青嘉を見据えた。

彼女の後ろには燗流が付き従い、その手には何故か、琴《こと》が抱えられている。

燗流は手にした琴を四阿の中に据えると、「これでよろしいですか?」と雪媛に尋ねた。

「ありがとう、燗流。下がっていい」

だけだ。


「はい。どうぞごゆっくり」

燗流は飄々《ひょうひょう》と立ち去っていく。ほかに侍女もなく、その場に佇《たたず》むのは青嘉と雪媛の二人だけだ。

川のせせらぎが、闇の向こうで控えめに響いていた。

「いい晩だから、久しぶりにお前の琴が聴きたくなったのだ」

雪媛は気《け》だるげに、四阿の椅子に腰かけた。

「何か、弾いてくれるか」

「……承知しました」

思いがけない要求に、果たしてこれはよい兆候《ちょうこう》なのだろうかと考えた。

青嘉が未来から過去へと回帰したことを知り、雪媛がわだかまりを抱いたことは間違いなかった。それがただの戸惑《とまど》いという範疇《はんちゅう》を超えていることも、察している。

だが正直なところ、青嘉は困惑《こんわく》していた。この事実が、彼女をこれほどまでに動揺させるとは思ってもみなかった。

もちろん、何故黙っていたのかと叱責《しっせき》されるだろうとは思っていた。しかし、まるで彼の存在を拒絶するような彼女の態度は想定外で、後悔ばかりが募《つの》る。

（伝えるべきではなかった……そもそも、見破られるような言動をすべきでは……）

青嘉が弦をつま弾き始めると、雪媛は音以外のものをすべて遮断《しゃだん》するかのように、瞼《まぶた》を閉じた。

今日は舞わないのだな、と思った。

選んだのは、かつて雪媛の前で初めて弾いた曲だった。突然琴を演奏しろと言われて、彼女と碧成《へきせい》の前で披露《ひろう》した曲。

そのことに、雪媛は気がつくだろうか。

覚えていて、くれているだろうか。

あれから長い時が経《た》ち、この世界も、三人の運命も大きく変わった。碧成は命を落とし、雪媛はもはや後宮の住人ではない。青嘉もまた彼女の護衛ではなく、今では将軍である。

それでも、雪媛のために琴を弾く時、この世界には自分と彼女しか存在しない気がする。

それは、昔も今も変わらない。

月の影が、流れる川の水面に落ちている。その水音に乗せるように、青嘉は指を滑らせる。弦を弾《はじ》く度《たび》、水が跳ねるように揺らめく気がした。

最後の一音が水音の向こうに消えた時、雪媛はまだ瞼を閉じていて、そのまま微動だにしなかった。薄明かりに照らされるその姿は、夢の中に沈んでいるように儚げで、幻のように淡く静謐《せいひつ》だ。

赤い唇が、ゆっくりと動く。

「王青嘉将軍は、武勇と知略に優れた天下の大将軍。義に厚く、慈悲深い」

しんとした闇の中に、雪媛の声が流れる。

「武だけのお方ではなく、典雅《てんが》なものにも大層精通していて、特に琴を奏《かな》でさせたら大したもの。歴代皇帝陛下も皆、その音色を度々所望《しょもう》し、宮廷楽師は皆、臍《ほぞ》を噛んだ――」

開かれた雪媛の瞳が、じっと目の前にいる自分に向けられる。

「そう教えてくれた人がいた。初めてお前の演奏を耳にした時、なるほどと思ったものだ」

「……あの時は、何故突然琴を弾けと言われたのか、不思議でした」

「尹《いん》族の玉瑛《ぎょくえい》という娘は、王青嘉将軍に大層憧《あこが》れていた」

「憧れ……ですか」

「遠い世界の物語めいた武勇伝に胸を躍《おど》らせ、将軍ならば憐《あわ》れな自分を救い出してくれるかもしれないと、子どもらしく夢を見ていた」

自嘲《じちょう》するように、雪媛は唇を曲げた。

雪媛の話を聞いて、青嘉はようやく納得する。

だからあの時、初めて会ったはずの玉瑛は彼の名を呼び、助けを求めたのだ。

(けれど、助けられなかった)

「私の知る未来は、お前の知るものとは少し違う」

「え?」

「柳雪媛は、暗殺などされていない。皇帝に対し兵を挙げ、謀反の罪で処刑された。彼女の討伐《とうばつ》には、王青嘉将軍も加わっていたという」

　青嘉は息を呑んだ。

　それは確かに、彼の知る未来とはまったく異なった世界だ。

「それにより尹族は、永遠に奴婢《ぬひ》に落とされた。だから尹族に生まれた玉瑛は、ずっと奴婢として生きてきた。その身は物であり、人ではなかったのだ。玉瑛は両親とともに胡州《こしゅう》の黄《おう》家に仕えていたが、両親は娘を人身御供《ひとみごくう》として主人へと差し出した。人扱いされなかった彼らは、自分の子も人とは思っていなかったらしい。玉瑛は……主人の慰《なぐさ》み者であった」

　こんなふうに雪媛が前世のことを包み隠さず雄弁《ゆうべん》に語るのは、初めてだった。

「私の知る未来には、尹族の女は男を惑《まど》わす、という風説があった。柳雪媛が二代に渡り皇帝を誑《たぶら》かし、多くの男を愛人にしていたというのがその理由だ」

　雪媛は、皮肉っぽく笑う。

「玉瑛の唯一《ゆいいつ》の救いは、山奥に暮らす老人から学問を教わったことだ。そこであらゆることを学んだ。特に、国史とともに王青嘉将軍の武勇伝を聞くのが好きだった。その老人は、王将軍に詳しかった。……後から、彼が誰だか知って、納得した」

「江良、ですね？」

　雪媛は驚いたように、青嘉に視線を向ける。

「俺も、蓮鵬山《れんほうざん》で出会いました。玉瑛を探す中で」

「そうか……」

雪媛の表情が、懐かしむように一瞬和《やわ》らぐ。

「江良は雪媛様が亡くなられた後、地方の閑職《かんしょく》に飛ばされました。その後、いつの間にか辞職して行方が知れなくなっていたんです。……あの場で出会った際は、驚きました。玉瑛のような娘が幸せに暮らし才を生かすことのできる世を、雪媛様であれば作れたのかもしれないと、嘆《なげ》いていたのを覚えています」

「現世では今のところ、江良は下野せず世捨て人になってもいない。少なくとも、その未来は回避されたらしい」

少しだけ笑って、しかしすぐに、その笑みは消える。

「尹族追放の命が下されたあの日、玉瑛は死んだのだ。——王青嘉将軍に、殺された。彼の手で、彼の剣に、胸を貫《つらぬ》かれた」

青嘉はぎくりとした。

(俺が——?)

雪媛の口調はまるで他人事《ひとごと》のように、淡々としている。

「あの感覚は、まだここに残っている」

言いながら、雪媛はそっと己の胸に手を当てる。そこにはない傷口を庇《かば》うように。

「全部、柳雪媛のせいだと思った。あの女が、余計なことをしたから――できもしないことをしようとして、失敗したから」

雪媛は己の両手を見下ろす。

「皮肉なことに、今では私がその、柳雪媛だ」

「……昔、あなたと出会ったばかりの頃、俺がいつかあなたを殺すだろうと仰《おっしゃ》いましたね」

今でも、よく覚えている。

だから、彼女はそう言ったのだ。

真実、彼に殺されたから。

「論功行賞《ろんこうこうしょう》でお前を初めて見た時、どうしてやろうかと思った。玉瑛にとっては自分を殺した憎い男。同時に、心から憧れていた偉大な将軍がそこにいる。……いや、むしろ憧れていたからこそ、憎かったのか」

雪媛はじっと、今目の前にいる青嘉を見据えた。

あの頃、雪媛の視線に感じた殺気。しかし同時にそれは、不思議な熱量を伴《ともな》っていたと思う。

「結局、決めかねて傍に置いた。実際近くで見れば、玉瑛の知る将軍とは似ても似つかない男だったが。将軍の評に、方向音痴という文句は入っていなかったしな」

冗談交じりの雪媛の言葉も、いつになく弱々しく感じた。

「今は……いかがですか」

青嘉は静かに尋ねた。

「俺を殺したいと、お思いですか？」

雪媛はしばらく、考えるように口を噤《つぐ》む。そして、ぽつりと言った。

「最近、あまり眠れない。嫌な夢ばかり見る」

「……玉瑛の夢、ですか？」

雪媛は答えなかった。

しかし、それが答えだった。

胸の奥が疼《うず》いた。

（眠れないのは――俺のせいか）

「皆が心配してくれる。江良が二胡を弾いてくれたり、眉娘が香を差し入れてくれたり……ありがたいことだ」

雪媛が苦しんでいる間、自分が何も知らずにいたことが歯がゆかった。かつてのように、常にすぐ傍に寄り添えたならと思う。しかしそれは、今の雪媛に余計苦しみを与えるだけだろうか。

一方で以前とは異なり、彼女の異変を察し、気遣《きづか》ってくれる人々がその周囲に多くいることを、心強くも感じた。

「昔、眠れない夜に、お前と一緒に山の中を歩いたな」

「雪媛様は、俺の背に乗っているだけで歩いてはいませんでしたが」

「そうだな。それでお前が、盛大に道に迷った」

雪媛は苦笑する。

「一昨日の夜、お前を呼ぼうと思ったんだ。道に迷うほど歩けば、眠れるかと……残念ながらお前は不在だったから、代わりに江良を呼んで二胡を弾かせた」

その言葉に、はっとした。

一昨日は珠麗のもとを訪れていた。志宝が帰りたくないと駄々をこねてなかなか帰路につけず、都の閉門に間に合わなかったのだ。結局、途中の町の宿に泊まることになった。

「それは……申し訳ございませんでした」

「どこへ行っていたんだ？」

青嘉はわずかに逡巡《しゅんじゅん》した。

やましいことなど何もない。

だが、雪媛は珠麗の名には敏感だ。ようやくこうして自分に向き合ってくれたというのに、珠麗に会っていたと告げれば、再び態度を硬化させないとも限らない。

「志宝のことで、親戚のところへ。一族の中には、足の不自由な志宝を後継ぎと認めないという者もおります。その話し合いで帰りが遅くなり——申し訳ありません」

「そうか」

雪媛はさほど、気に留《と》めていない様子だった。

「それで、話し合いはうまくいったのか」

「少し時間がかかりそうです。金孟《きんもう》殿が、志宝のためによい医者を紹介してくれると仰っていました。その結果にもよるかと」

「金孟に会ったのか？」

「ええ——東睿《とうえい》も元気そうでした」

金孟と東睿に顔を合わせたのも、珠麗への贈り物を選んだ日のことだったと思い出す。あまり、深掘りされたくはない話題だ。

「そうか。私もそのうち様子を見に行こう」

おもむろに立ち上がると、雪媛は「そろそろ、戻る」と言った。

「お前の琴を聴けてよかった。今夜はよく眠れそうだ」

「それは、なによりです」

「燗流」

声をかけると、離れたところで待機していたらしい燗流が姿を見せた。

「これを片付けてくれ」

「承知しました。お戻りに？」

「うん。青嘉も、もう帰っていい」

「……はい」

寝所《しんじょ》には来るな、ということだ。

琴を抱えた燗流とともに四阿を離れようとした雪媛に、青嘉は思わず声をかけた。

「雪媛様」

ぱっと彼女の手を取る。

雪媛は驚いて振り返った。

その様子に、燗流がわきまえたような顔をして、静かに下がっていく。彼の姿が闇の中へと紛《まぎ》れたのを確認してから、青嘉は雪媛に向き合った。

彼女の両手を、強く握りしめる。

「雪媛様――結婚しましょう」

雪媛が、息を止めるのがわかった。

「今すぐに」

「今、すぐ？」

「あなたの傍に、いたいのです。あなたが苦しい時、一番に支える者でありたいのです」

今言わなければならない、と思った。そうでなければ、雪媛が遠ざかってしまう気がした。

「この世界は、俺が知っている未来とも、あなたが知っている未来とも、異なる道を歩んでいます。ならば俺もあなたも、そして玉瑛にも、まったく違う未来が待っているはずです」

雪媛の瞳が、わずかに揺れる。

「眠れぬ夜には、俺が必ず傍にいます。嫌な夢は、決して現実にはなりません。――俺が、させません」

だから、と雪媛の手を引き寄せる。懇願《こんがん》するように、その白く滑らかな両の手の甲に、額《ひたい》を押し当てた。

「どうか、ともにいさせてください」

答えを待つ青嘉は、触れた部分からわずかに伝わる雪媛の体温を感じながら、それが恐ろしく長い時間であるように思った。

まるで、永遠にも思える沈黙。雪媛は口を閉ざしたまま、身じろぎもしない。

やがて、握った手がそっと離れていく。

顔を上げると、雪媛は静まり返った夜の海のような瞳で、青嘉を見下ろしていた。

彼女の手が、ゆっくりと青嘉の頬に触れる。

細い指がその傷跡をなぞるように、つう、と滑った。

「青嘉」

「はい」

「玉瑛は本当に……王将軍に憧れていたんだ」

それだけ言うと、背を向けた。

そのまま去っていく雪媛に、忍びやかに燗流がついていく。

いつの間にか、蛍は消え去っていた。

一人取り残された青嘉は、何かをひどく、とりこぼしたような気分になった。


湯舟を覆《おお》うように浮かべられた紅《くれない》の花が、泳ぐように視界を移動していく。広い浴室には湯気が充満し、白く染め上げられていた。

雪媛は乳白色の湯の中にその身を浸《ひた》しながら、見るともなく花の動きを追った。

長詩亭から戻ると、雪媛はいつまでも椅子に身を投げ出したまま、身じろぎもしなかった。心配した浣絽が声をかけても、まったく耳に入らない。幾度目かの呼びかけで入浴を促《うなが》されていることに気づき、雪媛はどこか現実感のない中で、言われるがままされるがまま衣を脱ぎ捨て、湯に身を浸した。

去来するのは、乱雑な記憶の欠片《かけら》だった。

まるで夫婦のように過ごした、ユルタの匂い。
王青嘉将軍の話を、目を輝かせて聞いていた玉瑛。
青嘉の背中に負われ、彼に回した腕に力を込めた時の鼓動。
毒を入れた酒。
初めて口づけを交わした夜の、川の水の冷たさ。
論功行賞で目にした、頬傷のない王青嘉。
琴を弾く大きな手。
雨の中、大樹の下で見上げた横顔。
微笑む珠麗。
彼女を見つめていた、青嘉。
傷。あの頬傷から流れ出た、血の味――。
(嘘を――)
かすかに震える両手を這わせるように、その顔を覆った。
(どうして、嘘をつく)
じりじりとせり上がってきた涙の理由は怒りとも悲しみともわからず、ごまかすように
ばしゃり、と顔を湯に沈めた。
青嘉の気持ちを疑うことなどなかった。

珠麗に対しての恋慕《れんぼ》はすでに、過ぎ去ったことだと納得している。彼女恋しさに会いに行ったなどとは、本人がそう言ったとしても信じないだろう。

(ならば、どうしてだ)

隠さなくてはならない理由が、あるのか。

――護堅の意を受けた珠麗殿が、青嘉殿に接触したとは考えられないでしょうか。

雪媛は水面から勢いよく顔を出すと、はぁはぁと荒く息を吸い込んだ。

(そんなはずが、ない)

――あなたがそれを言うのですか?

雀熙の声がする。

(そうだ。私はずっと、陛下を騙《だま》してきたではないか)

愛していると囁《ささや》いて、どこまでも信じさせて。

笑顔の裏で毒を盛り、心配する素振りで操った。

(でも、青嘉は違う。私とは違う――)

唐突に、老将軍の姿が目に浮かんだ。

彼が、自分に向けて振り下ろした刃《やいば》の輝きを。

――彼があなたに刃を向けないと、本当に信じることができますか?

雪媛は、自分の胸元を見下ろす。陶器のように白くすべすべとして、傷ひとつない。

血のように赤い花が、白い胸を覆い隠すように流れてくる。

雪媛は勢いよく、花を弾《はじ》いた。水しぶきが上がる。

心臓が、どくりどくりと音を立てていた。

(あれは、もう消えた未来だ。あんなことにはならない。この私が、させない――恐れることなどない)

青嘉もまた、自分と同様に未来を知る者だ。

その記憶が戦場で有効に働くということは、潼雲《どううん》や瑯《ろう》の証言からも明らかだった。本来の能力に未来の記憶が加われば、もはや彼に敵などいないだろう。この国はきっと、驚くべき速さで領土を広げていく。かつての歴史よりも迅速《じんそく》に、そして犠牲を最小限に抑え、五国の統一も成るはずだ。

(青嘉は誰より優れた、伝説的な将軍になる。歴史に残る最も偉大な将軍に――私の創るこの国で。そう、玉瑛のような田舎《いなか》の小娘ですら憧れる、誰もが彼に心酔《しんすい》するほどの)

その時雪媛は、得も言われぬ感情を覚えた。

胸の奥で何かがつかえるような、抗《あらが》いがたい感覚で、明らかに心地よいものではなかった。

柳雪媛は未来を見通す目を持つ神女。

天から遣わされ、奇跡を起こす。

その疑念は唐突に、雪媛の中に閃《ひらめ》いた。

(――青嘉にも、同じことができる)

比類ない武力、未来を見通す目。

その二つを併《あわ》せ持つ者を、人々はどう思うだろうか。

その閃きは、恐るべき確信と恐怖を伴って、雪媛の心を強く捉《とら》えた。

――何より彼は――男です。残念ながら、個人的な資質云々《うんぬん》よりも、それは大半の者にとって大きな説得力を持つ。

(皇帝とは――天の意を受け、この地上を治める者のことだ)

――将軍としてこの国の兵権を掌握《しょうあく》する男、皇帝の伴侶《はんりょ》、そして次期皇帝の父。その者が武力でもってあなたに対峙《たいじ》したら？

青嘉は、そんなことはしない。

わかっている。

シディヴァの顔が浮かんだ。

異母弟のアルトゥはカガンの座を狙ってなどいなかったと、彼女はわかっていた。

だが、彼を斬り捨てた。

――死に際《ぎわ》、父が言った。王者は自分を脅《おびや》かす者を恐れ続ける。お前も必ずそうなる
……と。

あの夜の、オチルの声がする。

——これはな——病だ。為政者がかかる病だ。薬はない。

——古今《ここん》東西、恐らくどんな帝王でも逃れることはできぬ。

じわじわと、何かに侵食されていく。

そんなことがあるはずはないと、わかっているのに。

「浣紹！」

声を上げると、控えていた浣紹が顔を出した。

「はい、雪媛様」

「江良を呼べ」

「え……」

「話がある。すぐに来いと伝えよ！」

「しょ、承知いたしました」

急いで出ていく浣紹の足音を聞きながら、雪媛は立ち上がった。

黒く長い髪が、白く細い肢体《したい》に流れ落ちる。

それは水分を含んで重みを持ち、その身を縛り上げるかのように絡《から》みついて、雫《しずく》を滴《したた》らせていた。

五章

都を行き交う人々の間をすり抜けながら、青嘉《せいか》は川を跨《また》ぐ橋を渡った。

のんびりとした風情《ふぜい》で竿《さお》を手にした人物が、川辺に座り込んでいる。

「江良《こうりょう》」

その背に声をかけると、彼は振り向いて、「来たか」と言った。

「どうしたんだ、こんなところに呼び出して」

「まぁ、座れ」

「釣りをするほど、中書省《ちゅうしょしょう》は暇《ひま》なのか？」

「皇宮《こうぐう》で話すと、どこに誰の耳があるかわからないからな」

少し声を低めて、江良が言った。

青嘉は彼の隣に腰を下ろす。

「何かあったのか」

「それは、こちらの台詞《せりふ》だ。雪媛《せつえん》様と何があった？」

その問いかけに、青嘉はぐっと言葉を詰まらせる。

「……俺と、雪媛様の問題だ」

「いいや、この国の問題だぞ青嘉。雪媛様はもはやこの国の柱石《ちゅうせき》。彼女の今後が、この国の未来に直結する」

江良はひどく真剣な表情だった。

「昨夜突然、雪媛様に呼び出された」

「また、眠れないと？」

「違う。雪媛様は今年のうちに、陛下の禅譲《ぜんじょう》を受けて帝位に就《つ》かれるおつもりだ」

「今年？」

青嘉は驚きの声を上げた。

「いくらなんでも早過ぎるだろう。数年は現状を維持するという話だったはずだ。雪媛様が事実上の統治者であると、誰も反論できぬほどに国の隅々まで浸透させると……反発を防ぎ円滑に即位するためには時間が必要だと、雪媛様ご自身がそう仰《おっしゃ》っていたではないか」

「そうだ。だが計画を変更し、すぐにでも皇帝となるための手はずを整えよ、との命《めい》を下された」

「どうして、急に」

「雪媛様は、ひどく焦《あせ》っておられるようだ。一体何がそうさせるのか……。このところ様子がおかしかったのはお前とのことが原因なのかと思っていたが、これほど性急に事を進めようと決意されたとなれば、ほかに何かあったはず。心当たりはないのか？」

青嘉は考え込んだ。

昨夜、彼と会った直後に江良に命を下したというのだろうか。

思い当たることといえば、彼が求婚したくらいだ。だが、それが計画の見直しに繋がるとは考えにくかった。

（どうして突然——）

そして、はっと気づいて声を上げた。

「では、陛下はどうなる」

「別宮へお移りいただくことになるな」

「その後は？」

江良は、竿の先を黙って見つめた。

「……殺すのか？」

深いため息が聞こえた。

「ある程度成長されるまでは、待つおつもりのようだ。譲位《じょうい》してすぐの、あまりに急な死は、周囲から疑問視されやすいし——」

「江良！」

「お前も、わかっていたことだろう」

「陛下はご気性《きしょう》からして、決して権力を欲《ほっ》するようなお方ではない。隠棲《いんせい》していただき、監視をつけるだけでも十分なはずだ」

「今は子どもだ。だが大人になって己《おのれ》の立場を知れば、黙って籠《かご》の鳥でいることを受け入れられると思っているのか」

「いいや、あの方はそんな」

言いかけて、青嘉は未来で出会った彼の為人《ひととなり》を口にしても無意味なことに気づいた。

「本人がどんな人物かなど、関係ない。雪媛様がどれほど上手《うま》く立ち回っても、必ず不満を持つ者というのは現れる。そしてそれは前《さき》の皇帝を担《かつ》ぎ上げようとする勢力となる。今でさえ独護堅《どくごけん》は、孫娘を陛下に嫁《とつ》がせようと画策《かくさく》している。雪媛様を追い落とし、自《みずか》らがこの国の頂点に君臨するために。雪媛様が皇帝となっても、そうした輩《やから》は必ず出てくる。芽を摘《つ》んでおくことが、これからの雪媛様を守ることに繋がるんだ」

「それは……」

きっと、そうなのだろう。

雪媛が皇帝となるならば、不安要素は排除しておくのが最善なのだ。かつて雪媛も、そう語っていたではないか。

──お前の言う通り、子どもの未来は真っ白だ。もしかしたら、正しい道を歩み、真っ当な人間に育つかもしれない……。

──そうならなかったら、どう責任を取る？

だが青嘉には、雪媛《あや》がずっと苦しんでいるように見えた。黄楊戒《おうようかい》の子どもを殺めてから、それは彼女の心を蝕《むしば》んでいったように思えてならなかった。

──私はただの赤子殺しだ。どんな理由であれ、正当化などできぬ。

あえてそんな言葉で、自分を貶《おとし》めていた。

幼い子どもの命を平気で奪えるような残酷な人ではないということを、青嘉は痛いほどよくわかっている。同時に、必要であれば手を下す方策を採《と》る人であることも、知っている。

（また苦しむのか──雪媛様は）

ぱしゃり、と水が跳ねた。

釣り糸の先で針にかかった魚が、逃れようともがき苦しんで水面を跳ね回る。

江良は落ち着いた仕草で竿を引き、ぴちぴちと暴れる魚を手にした。そして、丁寧《ていねい》に針を外してやる。

「お前は本当に、雪媛様の伴侶《はんりょ》になるつもりがあるのか？」

「……何故訊《き》く」

「彼女が玉座《ぎょくざ》の主《あるじ》となれば、その伴侶とはつまり、この国の皇帝の伴侶だ。皇帝にとっての皇后……女帝の伴侶をなんと呼ぶべきかは定まっていないが。もう一度訊くが、お前は、雪媛様の──女帝の夫となる覚悟があるのか？　それがどんなものか、考えたことは？」

青嘉は返答に窮《きゅう》した。

雪媛とともに生きたいと願ってきた。

彼女の傍《そば》にいられる存在であり続けたいと思った。

だがそれはあくまで、『柳《りゅう》雪媛』という女性に対する想いだ。

（皇帝の夫──）

この奇妙な困惑《こんわく》は、独護堅と話した時にも感じたことだった。青嘉が女帝の夫となった時、王《おう》家はどうなるのか。

針を外した魚は、江良の手の中で身をくねらせていた。

「雀熙《じゃっき》殿は、雪媛様の伴侶となる者は後宮《こうきゅう》に入り、表のことに一切関わるべきではないという考えを持っている」

青嘉は面食らった。

「後宮に？」

「そうだ。もしお前が後宮に入れば、もちろん二度と戦《いくさ》に出ることはない。生涯、後宮で暮らし、公《おおやけ》の場に顔を見せるのは限られた国事の時のみとなる」

青嘉は絶句した。

彼は当然、雪媛の夫となったとしても戦に出るつもりであったし、戦場で働くことこそが雪媛への最大の貢献《こうけん》であると思っていた。前世同様に、老いてもなお武人であるだろうと信じて疑わず、また同時に、それ以外の生き方など知らなかった。

（後宮……？）

かつての雪媛のように、あるいは純霞《じゅんか》のように、芙蓉《ふよう》のように、あの閉ざされた世界に永遠に住まうというのだろうか。

その姿を想像して、わずかに身体が冷えた。

同時に、これまで当たり前と捉《とら》えてきた皇帝の妃嬪《ひひん》たちが後宮で暮らすという構造そのものが、恐ろしく醜怪なものに感じられた。純霞が後宮で気力を失い、人形のように暮らしていたのは、何も永祥《えいしょう》との仲を引き裂かれたからというだけではなかったのではないか。かつて見た生気のない彼女の姿が、想像の中の未来の自分に重なってしまう。

一方で、後宮にありながら常に輝きを放ち力を得てきた雪媛という女性が、いかに非凡であったのか、どれほど突出した存在であったのか、と改めて思う。

「……考え、られない。そんなことは」

青嘉は呟《つぶや》いた。

「俺は、戦場でしか役に立たない男だ。それが、後宮……？」

「もちろん雪媛様は、お前が将軍として今後も戦場に出ることを願っているし、そうさせるつもりだろう。女帝自体がこれまでにない存在なのだ、その伴侶もまた、これまでとはまったく違うものになるのも当然だろうと俺は思う。けれど」

江良は口籠《くちご》もる。

「皇帝と、将軍。もしも二人が伴侶として並び立った時、その関係が――均衡《きんこう》が、崩れることが、俺は怖い」

「均衡？」

「上手くいけばいい。そう願っている。お前たちに幸せになってほしい。だが、昨夜の雪媛様は……」

思い返すように、江良は眉を寄せた。

「以前、俺が言ったことを覚えているか」

「え？」

「いつか、お前が雪媛様の足枷《あしかせ》になるようなことがあれば、俺はお前を排除する――と」

ぎくりとして、青嘉は口を噤《つぐ》んだ。

「その考えは、今も変わってない」

そう言うと、江良は獲《と》った魚を川に向かって投げ戻した。己の領分に帰った魚は、勢いよく泳ぎ出し、姿を消す。

二人はしばらく、そのまま黙って座っていた。

「――戻すなら、最初から釣るな」

おもむろに、青嘉は言った。

「釣ったなら、責任をもって食べろ。……傷を負わせて苦しめただけだぞ」

江良は消えた魚影を追うように、川の流れを見つめた。

「釣られた時、魚はどちらを望むんだろうな。――人の血肉になる代わりに己の生を終えるのと、傷を負っても水の中で生き直すのと」

青嘉は答えなかった。

それは魚のことではなく、自分の選択を問われている気がした。

江良と別れた青嘉は、真っ直ぐに皇宮へと向かった。雪媛の執務室を訪ねると、浣紹《かんりょ》が
「申し訳ございません」と眉を下げた。
「ただいま薛大人《せつたいじん》と飛蓮《ひれん》殿がいらっしゃっています。話が終わるまでは、誰も入れるなとのことで」
この二人が呼ばれたのは恐らく、昨夜江良に話した内容を実行に移すためだろう。

（雪媛様は、本気で――）

同時に、わずかに失望が過《よ》ぎった。

青嘉は彼女から直接、この話を聞いていない。

昨夜一緒にいたにもかかわらず、だ。

初めに話す相手が自分ではなかったのだと、最初どころかその次に相談する相手ですらないことが、思いのほか青嘉の心に重くのしかかった。

一刻ほど待った頃、扉が開いて二人が顔を見せた。

彼らは青嘉に気づくと、それぞれが異なった表情を浮かべた。雀熙はわずかに思い悩むような、飛蓮は仄暗《ほのぐら》い炎のような、いずれも形容しがたいものであったが、少なくともよい反応とは受け取れなかった。

「雀熙殿、志宝《しほう》がお世話になっております。よい師に出会えたと喜んで、勉学に励んでいるようです」

「厳しくし過ぎて泣いて帰るかと思ったが、胆力《たんりょく》のある子だ。見どころがある」

「ありがたく存じます」

「雪媛様に呼ばれたのか？」

「いえ……そういうわけでは。少し、お話が」

「そうか。では、失礼」

雀熙とともに、飛蓮も会釈《えしやく》をして去っていく。

浣紹が「青嘉殿がおいでです」と中へ告げると、「通せ」と答える雪媛の声が聞こえた。

「どうぞ、お入りください」

雪媛は机を前に、忙しそうに筆を走らせている。背後で扉が閉まるのを確認して、青嘉はゆっくりと彼女に近づいた。

「お忙しそうですね」

「忙しい。なんだ？」

視線を手元に落としたまま、雪媛は言った。

「忙しいのは、禅譲の件を進めるからでしょうか」

「江良に聞いたのか？」

「はい」

「そうか。まぁ、いい。話すだろうと思っていた」

「……俺に話すつもりは、ありましたか？」

雪媛は手を止め、怪訝《けげん》そうに顔を上げた。

「何？」

「俺が、反対すると思ったから……だから、言わなかったのではないですか」

雪媛は小さく息をついて、筆を置いた。

「反対なのか？」

「性急に事を進めれば、反発が大きい。雪媛様もそうお考えだったはず。何故急がれるのですか」

「目処《めど》が立ったのだ」

「目処？」

「飛蓮のお陰で、独護堅の尻尾が掴めそうだ。あの男を排除できれば、やつの派閥《はばつ》で残った者たちは力を失う。これで、大きな障害はなくなるだろう」

「ですが、先帝がお亡くなりになってからまだ間もない中で……」

「私が皇帝となることが、不満か？」

青嘉は驚いた。

「そのようなことは、言っておりません」

「では、それ以上口を出すな」

「陛下のことは、どうなさるおつもりですか」

途端に、雪媛の瞳に烈火の如《ごと》き閃《ひらめ》きが過ぎった。

そして唇を歪《ゆが》め、嘲《あざけ》るような笑みを作り出す。

「なるほど。それが気になったのか？　稚《いとけな》い陛下が、殺されるかもしれないと？」

「雪媛様がそうなさる理由は……そうせざるを得ない理由は、重々理解しています。ですが、あえて申し上げます。陛下の命を、奪うべきではありません」

「あれほど懐《なつ》かれては、寝覚めが悪いだろうな。だから忠告したというのに」

「そうではありません」

「もう、陛下には会うな」

「雪媛様、どうかお考え直しください。独芙蓉が生む男子を、あなたは手にはかけようとはなさいませんでした。黄楊戒《おうようかい》の赤子の命を奪ったことを――後悔していたからではないのですか」

「後悔など、していない」

すっと、雪媛の顔から表情が消えた。

「あれは必要なことだった。後悔など、するものか」

「それでも、ずっと気に病《や》んでいらっしゃるのでしょう」

「子どもだから、お前は気にするのだ。安心しろ。陛下が十五になるまでは、命を取るつもりはない」

「未来で俺は陛下……いえ、暗寿殿《あんじゅ》にお会いしたことがあります」

筆を置いた雪媛の手が、ぴくりと反応した。

「すでに壮年でいらっしゃいました。五国統一の伝記を作りたいのだと、子どものように目を輝かせているようなお方でした。野心などとは無縁の一皇族として、ひっそりと過ごしておいででした。そういう人物なのです。雪媛様に害意を持つことなどあり得ません。身の回りを厳しく見張り、彼を担《かつ》ぎ出そうと企《たくら》む奸臣《かんしん》を寄せつけさえしなければ、雪媛様の障害になるようなことはないはずです」

「お前は……どうして……」

雪媛はくしゃりと顔を歪めた。

「お前は、喜ばないのだな」

「え……？」

「ようやく、ここまで来た。これまでお前とともに目指した未来が、もうすぐ現実となる。あと少しなのだ。あと少しで、この手に摑むことができる。それなのに」

彼女の拳は、強く握りしめ過ぎているせいか痛々しいほど白かった。浮き出た青い血管がはっきりとわかるほどだ。

「何故喜ばない？　何故私より、ほかの誰かの心配ばかりする」

「雪媛様、俺は決して――」

「独護堅の姪《めい》との縁談話があったのだろう？　何故言わなかった」

思いがけない追及に、青嘉は不意を衝《つ》かれた。

「断った話です」

「華陵《かりょう》殿で、独護堅とともにいたそうだな？」

「それは、偶然――」

「珠麗《しゅれい》のところへ行ったのも、偶然か⁉」

「――！」

どくんと心臓が跳ねた。

「二度も、会いに行ったそうだな」

だからなのか、と青嘉は理解した。

昨夜、雪媛はすでに知っていたのだ。

彼が珠麗に会っていることを。

「俺を……試したのですか」

「正直に言えば、それでよかった。会ったからといって、責めるつもりなどない。お前たちの仲を疑ったりもしない。なのに――」

嘘をついた。

彼女を傷つけたくなかったからだ。

「……申し訳、ありません」

しかし、青嘉は言わずにはいられなかった。

「ですが、どうして試すような真似をなされたのです。知っていたならば、ただ何故かと尋《たず》ねてくだされればよいではありませんか！」

責めたり疑ったりしないと言いながらも青嘉を試したのは、本当は心の底では信じきれていないからではないのか。

「本当のことを言わなかったのは、雪媛様が義姉上《あねうえ》に対してわだかまりをお持ちだと思ったからです。義姉上の話題になると、あなたはいつも表情を曇らせてしまう。心の内では、ずっと気にされているのだとわかっているから、口にすることを避けていました。決して、やましいことなど――」

「病《やまい》になど、かかりたくない」

雪媛は頭を抱《かか》え、うわ言のように呟く。

「雪媛様……？」

様子がおかしかった。

「お前を疑いたくなんかない。誰に何を言われようと、お前だけは信じていたい。ずっと傍にいてほしい。なのに――」

何かを堪《こら》えるように、彼女は小さく震えている。

「どうして、信じさせてくれない……！」

「雪媛様……！」

思わず青嘉が手を伸ばすと、雪媛は鋭い勢いでそれをはねのけた。

「お前が私を裏切るかもしれないと、どうして思わせるんだ！」

「そんなことは決して……！」

「だってお前は、私を——玉瑛《ぎょくえい》を殺した！」

じわりと湧き上がった涙が、彼女の黒い瞳を揺らす。

青嘉は胸の奥に、鈍《にぶ》い痛みを覚えた。

苦しそうに彼を見据える雪媛は、今まで見たことのない、濃い絶望の色を滲《にじ》ませている。

暗い瞳の闇が、明らかな拒絶を映し出していた。

（ああ——）

青嘉は、自分の中で何かが罅割《ひびわ》れ、崩れ落ちていく音を聞いた気がした。

（俺はもう、この人にこんな顔をさせることしかできないのか）


飛蓮は、足下から沸き上がるような興奮に包まれるのを感じていた。

雪媛が、帝位に就く。

この国の皇帝に——女帝になる。

雀熙とともに呼び出され、打ち明けられたその計画は、彼の心を大きく揺り動かした。

これまで雪媛がその野望を口にすることはなかったが、長く傍にいれば自《おの》ずと、彼女が万民の頂《いただき》に立つ姿は容易に想像することができた。ただ、女の身である彼女が『皇帝』という地位に上る、という発想にまでは至らず、それ故《ゆえ》に彼女の口からその構想が語られた時、飛蓮は打ち震えた。

この偉大なる女性は、自分のような者には計り知れない存在であったのだ。

同時に、この計画を共有された事実が彼の胸を歓喜で満たした。自分が心から信頼できる存在であると、雪媛からそう言われたような気がした。

しかしその充足感は青嘉の顔を見た瞬間、わずかに萎《しぼ》んだ。きっと青嘉には、自分たちより先にこの件が伝えられていたに違いない。

雪媛のもとを辞して雀熙とともに彼の執務室に入ると、先客の姿があった。一人は江良で、もう一人は尚宇《しょうう》である。

重傷を負い、長らく療養していた尚宇がいることに驚き、飛蓮は声を上げた。

「尚宇殿、身体はもういいのですか？」

「はい、本日より出仕を。ご心配をおかけいたしました。飛蓮殿には、折に触れ見舞いの品を頂戴《ちょうだい》し感謝いたします」

「そうは言っても、あれだけの傷を負ったのだ。無理はするな」

そう言って椅子を勧《すす》めたのは雀熙で、彼も杖《つえ》を置いてどしりと腰を下ろした。

「さて……」

雀熙は、集まった顔ぶれを見回す。

「ここにいる者は皆、すでに話は聞いていることと思う。雪媛様の即位の件だ」

皆、何も語らずに視線だけを交わす。

蘇高易《そこうえき》はこの場に呼ばれていない。ということは、この四人が、今後の雪媛の政《まつりごと》を最も近くで支えていく柱となるだろう。飛蓮は各々《おのおの》の顔を眺めた。

「禅譲を行うには、過去の事例をもとに手順を踏む必要がある。まずは雪媛様が公位、王位を賜《たまわ》ること。そし九錫《きゅうしゃく》を得ることだ」

九錫は皇帝より臣下に下賜《かし》される、九種の恩賞である。本来天子にのみ使用が許されている車馬や衣服などを賜ることで、皇帝に準ずる立場となる。

尚宇が頷《うなず》いて付け加えた。

「さらに、雪媛様が皇帝に即位すべしという瑞祥《ずいしょう》の数々が、全国から報告される状況を作ることが肝要です」

「それについてはすでに、雪媛様が具体的にめでたい徴《しるし》と呼べそうな事象をいくつか予言されています。これに合わせて、時期を定めればよいかと」

飛蓮が言った。

先ほど雪媛の口から聞かされた、まだ見ぬ未来の出来事の数々。

雪媛こそが皇帝に相応《ふさわ》しいと多くの人々に効果的に印象づけるため、飛蓮はその奇跡的な現象にさらなるいくらかの手を加えることを提案し、雪媛から許可を得ていた。

「それらが済んだ段階で、陛下より雪媛様へ即位の要請がなされる。雪媛様は幾度かこれを固辞することで徳の高さを示し、その後ようやく、皇帝の座を得ることになる」

「雪媛様はできるだけ早く、とご希望ですが、この過程をおろそかにすれば簒奪者《さんだつしゃ》との誹《そし》りを免《まぬか》れません。順調に進んだとして、即位式は秋頃になるかと」

「独護堅のほうは、どうなっている」

「証人を一人、確保いたしました。証拠が揃《そろ》えば、あの男の過去の罪を暴くことができます。この夏のうちには、決着をつけたいと考えています」

「では、あとは蘇高易殿を納得させられるかどうかか」

「あの方は、反対なさるでしょうね」

江良が物憂《ものう》げに言った。

「もはや完全に時流が雪媛様の側にあるとわかっていても、それでもきっと、反対なさるでしょう。王朝が、交代することになるのですから」

王朝の交代という言葉に、全員が改めて事の大きさを嚙みしめた。

ただ新たな皇帝を推戴《すいたい》するのとは、わけが違うのだ。まったく新しい歴史を、自分たちが作り上げることになる。

「数百年続いた国の在《あ》り方が大きく変わる。この変革を起こす以上は、末永く続くものとせねばならない。その責任が、我らにはある」

嚙んで含めるように、雀熙が言い渡す。

「定めねばならぬことは山ほどある。新たな国号、制度、人員の配置――後継者」

尚宇が眉を寄せる。

「雪媛様の後継者は当然、雪媛様の御子でございましょう」

「安定した治世には、その政策を引き継ぎ繋いでいく後継者が必要だ。雪媛様には今のところ御子がおられない。これは出来得る限り早く解決すべき問題だ」

「まだ即位もしていないというのに。それは後々《のちのち》考えればよいのでは」

遠慮がちに言ったのは江良だ。

しかし、雀熙は深刻な顔でいいや、と首を横に振る。

「女の身体には、出産可能な時期というものがある。あの方の年齢を鑑《かんが》みれば、後回しにすべきではない。そもそも、皇帝が女であるという前代未聞《みもん》の世を人々が受け入れるのは、容易なことではないはずだ。ただでさえ雪媛様は異民族。生粋《きっすい》の瑞燕国《ずいえんこく》人で、相応の地位にある確かな伴侶が横に並ぶことで、その権威をより固めるべきだ」

「では、即位より先に青嘉と婚礼を？」

そう口にした尚宇の言葉は、淡々としている。

彼もまた、雪媛に想いを寄せていた者の一人であったはずだ。だがもはやその気持ちには整理がついたのか、雪媛と青嘉の関係を受け入れている口ぶりである。

青嘉は生粋の瑞燕国人であり、武門の名家である王家の当主だ。身分や立場としては、雀熙の挙げた皇帝の伴侶としての資格が十分あるだろう。

そう考えながらも、飛蓮は己の気持ちがひどくざわつくのを感じていた。雪媛に幸せになってほしいという思いとともに、その隣にいるのが自分ではないという事実を改めて突きつけられると、どうしようもなく心が荒れた。

「江良」

「はい」

「青嘉殿には、王家の家督《かとく》を譲り、当主を任せられる親類はいるのか？」

「青嘉は、志宝を後継ぎに、と」

「志宝は俺のもとで文官を目指している。あの子が武門の当主になったとして、納得する者がいると思うのか」

「ですが、それが青嘉の――」

「同じように足の悪い俺には、世間の反応が痛いほどよくわかるんだよ、江良。それは、無理だ。何より、兵を率いることのできる者が王家の当主とならねば、この国が困る」

尚宇が口を開いた。

「ですが、青嘉が現役のうちは問題ないでしょう。その間に志宝に子ができれば、その子を後継ぎにできます」

「青嘉殿が皇帝の伴侶となるならば、王家当主の座は降りてもらわねばならぬ」

「当主を降りる？　しかし、それでは青嘉は」

「後宮に入り、以後戦場からは離れてもらうことになるだろう」

尚宇と飛蓮は驚いて、目を見開く。

江良はすでに聞いていた話なのか、わずかに表情を曇らせただけだ。

「後宮に？　いや、しかし」

「あの男を今後、戦に出さないというのですか？　もはや武人として扱わないと？」

「そうだ」

雀煕は雪媛にもすでに同じことを述べたと説明し、二人が夫婦となった場合の在り方と危険性について、己の考えを冷静に語った。

話し終えた雀煕は、疲れたように重い息をついた。言いたくてこんなことを言っているのではない、と思っていることが、その様子から伝わってくる。

「確かに、傑出《けっしゅつ》した将の才を持つ青嘉殿を、後宮に押し込めるは我が国にとって損失。だが、雪媛様の伴侶となるのを望まれるのであればこの条件を呑んでもらう」

尚宇はしばらく黙り込んだが、やがて確かに、と呟いた。

「雪媛様にとっての脅威《きょうい》は、取り払うべきです。ですが、青嘉が……万が一にも謀反《むほん》など考える男ではないことは、私にもわかります」

江良はその横で、少し意外そうな顔をした。

飛蓮も同じだった。尚宇は青嘉に対しては、かねがねよい感情を抱いていないと思っていた。

雀熙は頷く。

「そうだな、俺もそう思う。だが……雪媛様は、どうであろうな」

「――？」

尚宇は怪訝《けげん》そうだ。

江良が「しかし」と声を上げる。

「青嘉は、戦場で生きるために生まれてきたような人間です。この条件を呑めというのは……正直、難しいかと」

「ならば、雪媛様の夫となることは認められぬ」

「早急に後継ぎの件を考えるべきと仰ったのは、あなたではないですか」

「もちろんだ。その場合、早急《さっきゅう》に相応しい伴侶をほかに探し、据えるべきだろう」

「相応しいって……」

「飛蓮殿」

「はい」

「あなたが再興した司《し》家。これを、手放す気はおありか」

「はい？」

飛蓮は困惑した。

「何を仰る。独護堅の罪を暴いて我が父の名誉を回復しようという、まさにこれからという時に」

「俺は雪媛様の伴侶は、あなたならばよいのではと思うが、どうだ」

飛蓮も、尚宇も江良も、雀熙の言葉に愕然《がくぜん》とした。

「……私、ですか？」

「名家の出身であり、先帝からの信任も厚かったあなたなら、どの派閥からも反対の声は上がりにくい。失礼ながら司家は再興されたばかりで、規模も小さい。再び門を閉ざすことになっても影響は少ないでしょうし、親兄弟をすでに亡くされているから外戚《がいせき》も存在し得ない。それは、雪媛様の立場を固める上で有益です」

「で、ですが……では、私に後宮に入れと？」

「そうなります。もちろん、あなたの文官としての才が発揮されなくなることは、惜しい。しかし雪媛様の伴侶は、生半《なまなか》な男には務まらぬでしょう。これは適任者を探すのが恐ろしく難しい問題だ。だが、これまでの経歴と現在のお立場、それに信頼度を考慮すれば、飛蓮殿は条件を大きく満たしている」

「雀熙殿、お待ちください。雪媛様のお気持ちはどうなります」

江良が声を上げた。

「雪媛様は、青嘉を選んだのです。クルムではカガンの承認も得て、婚礼を挙げる予定だったのですよ。もはや夫婦も同然だというのに」

「江良、あの方は皇帝となるのだぞ。その伴侶が、好いた惚《ほ》れただけで決められると思うのか？　これまで数多《あまた》の皇帝が娶《めと》った皇后の存在は、臣下の承認を得て決定される国家の大事であった。それは、皇帝が女でも同じことだ」

「しかし……！」

「――確かに、飛蓮殿であれば話は丸く収まるかもしれません」

冷静にそう言ったのは尚宇だった。

「尚宇、お前まで……」

「雪媛様の夫が、力を持ち過ぎてはならない。名家の出身である必要はあるが、その一族が出しゃばり権勢をふるうようになっては困ります。その点、司家ならその心配がない。ああ、申し訳ない飛蓮殿。決して、侮辱《ぶじょく》するつもりはないのです。あくまで可能性の話ですので」

あまりのことに、飛蓮は受け止めきれずに呆然とした。

（俺が、雪媛様の夫に？）

「飛蓮殿、あなたもいずれは朝廷において力を発揮したいとお思いのはず。その志《こころざし》を折ることにはなりますが、しかし代わりに、国の大きな柱石《ちゅうせき》となることができる。――いかがです、そのおつもりはありますか？」

尚宇の問いに、飛蓮は躊躇《ためら》った。

「……私は……」

雀熙が肩を竦《すく》める。

「まぁ、あくまでそういう選択肢もある、という話です。私としては、最善の策かと思っています。考えておいていただきたい」

江良が心配そうにこちらを窺《うかが》っているのがわかった。しかし飛蓮は、自分の思考の波に飲み込まれて、何も言うことができなかった。


日が暮れ、闇の中で雪媛の居殿《きょでん》に灯《とも》る火が鮮やかに目に映り込む。

飛蓮はしばらくその様子を遠くから眺めていたが、やがて意を決して歩き出した。

「雪媛様に、お目通りを」

出迎えた鷗頌《おうしょう》は、どこか不安そうな表情を浮かべている。

「それが今は、ちょっと」

「どうした？」

「その……誰も入れるなと」

「来客か?」

「いいえ、青嘉殿が帰ってからはお一人なんです。ずっと、御酒《ごしゅ》を召し上がっていらっしゃって」

周囲を見回すが、燗流《かんる》の姿がない。

「燗流はどうした」

「今日は昼番だったので、今は下がっています」

「そうか……」

「あの、飛蓮殿。雪媛様、どうも様子がおかしいのです。御酒も一体どれほど飲んだか……あんな雪媛様は初めて見ます。昼からずっとですもの」

青嘉が帰ってから、という言葉が引っかかった。

飛蓮は控えめに、扉の向こうに声をかけた。

「雪媛様、飛蓮です」

返事はない。

「眠ってしまったのかしら……」

心配そうに鷗頌が言った。入るなと命じられている以上、無理に中へ入るのは憚《はばか》られるのだろう。いつになく不安そうで、そわそわと落ち着かない。

「わかった。俺が中へ入ってみる」

「ですが」

「お叱《しか》りは、俺が受けよう。──雪媛様、入りますよ」

飛蓮はおもむろに、扉を開いた。

室内は薄暗い。なんの物音もしなかった。

慎重に足を踏み入れ、小さな灯《あか》りを頼りに目を凝《こ》らす。

窓際《まどぎわ》に据えられた卓の前に座り、ぐったりと突っ伏している雪媛の姿があった。手には杯を持ったままだ。

「雪媛様！」

慌《あわ》てて駆け寄り、抱き起こす。

すると雪媛はかすかに声を上げ、うっすらと目を開けた。

飛蓮を見上げると、不機嫌そうに呟く。

「……誰も入れるなと、言ったはずだぞ」

意識があることにほっとし、飛蓮は安堵《あんど》の息を吐いた。

「鶡頌、水を」

鶡頌が状況を見て取って、急いで水を注ぎ飛蓮に渡す。

「水はいらない……酒を……」

「もうおやめください。飲み過ぎです」

鷗頌が注意すると、雪媛は子どものようにぷいと顔を背《そむ》けた。

「雪媛様、では俺がお付き合いしましょう。これを飲まれたら、もう今日はお休みになってください」

そう言って、雪媛の杯に酒を注いでやる。

鷗頌には、任せろ、というように頷いてみせた。肩を竦めた鷗頌が、静かに扉を閉めて退室する。

「さぁ、雪媛様」

恭《うやうや》しく差し出した杯を、雪媛はぼんやり潤《うる》んだ瞳でじっと見つめた。覚束《おぼつか》ない手つきでそれを受け取ると、くいっと一気に飲み干してしまう。

紅潮した頬が白い肌に映《は》え、紅を点《さ》した唇とともに彼女をよりいっそう艶《あで》やかに見せた。いつになく気《け》だるげに頬杖をつく様は、優美な首の傾《かし》げ方、滑らかな肩の曲線、乱れた黒髪まで、どこをとってもまるで一幅《いっぷく》の絵を見ているようであった。

(眉娘《びじょう》がここにいたら、必ず筆を執《と》るだろうな)

飛蓮もまた、そんな彼女から視線を逸《そ》らすことができないでいる。

とはいえ、見とれている場合ではないことはわかっていた。これがただならぬ状態であるのは明らかだ。彼の知る雪媛は、後先なしに酒に溺《おぼ》れるような人ではない。

「何か、あったのですか？」

雪媛は答えることなく、ふらふら視線を彷徨《さまよ》わせた。

無言で、空になった杯を差し出す。

「だめですよ。先ほどの一杯で最後です。さぁ、もう寝所《しんじょ》へ」

飛蓮は立ち上がり、床《とこ》につくよう雪媛を促《うなが》した。

しかし雪媛は、自分の手で酒を注ぎ始める。

「雪媛様、どうかもう――」

酒を取り上げようとした飛蓮はしかし、はっと息を呑んだ。

雪媛が、泣いていたのだ。

紅潮した頬を涙がはらはらと流れ、美しい面《おもて》を伝って、顎《あご》からその雫《しずく》を朝露《あさつゆ》のように落とす。

涙はとめどなく溢《あふ》れて流れたが、しかし雪媛は、泣き声ひとつ上げない。

じっと唇を引き結んで、杯を満たした酒を見下ろしている。

「雪媛様……」

こんな姿は、初めて見る。

いつだって彼女は自信に満ち、堂々と、他を圧する覇気を持つ強い女性だった。

そんな雪媛が今、人前で涙を見せるほど心を律することができずにいる。

きっと、青嘉が原因なのだ。飛蓮は直感した。

雪媛をこれほどに揺さぶることのできる存在は、彼しかいない。

そう考えた途端、飛蓮は己の中に沸き上がる強い感情を覚えた。

この類《たぐい》まれなる女性に、それだけの影響を与えることのできる男。その心を打ち沈ませることも、浮き立たせることもできる男。

だがその青嘉は今、彼女に苦しげな涙を流させている。

(俺なら、泣かせたりしない)

常になく、その姿は小さく見えた。

気がついた時には、その震える肩を抱きすくめていた。

雪媛は、何も言わない。だが、拒《こば》む様子はなかった。

さらに強く、引き寄せた。

徐々に彼女の体の重みが、己に預けられるのを感じた。雪媛は飛蓮の胸にもたれかかるように頬を寄せ、泣いている。

馨《かぐわ》しい香りが、鼻腔《びこう》を抜けた。絹糸のような黒髪が指に絡《から》みつき、その感触を確かめる。

それだけで、胸がいっぱいになった。

今まで数えきれないほどの女をその腕に抱いた。しかし、こんなにも緊張したことはなかったし、これほどの幸福感に満たされたこともなかった。

飛蓮は、腕に力を籠《こ》める。

放したくない、と思った。

誰にも、この人を渡したくない。

「……あなたの隣に立つのが、俺ではだめですか」

耳元に唇を寄せ、低く囁《ささや》く。

雪媛はまだ、泣いている。

「あなたを、愛しています」

聞こえているだろうか。

耳に届いているだろうか。

「俺はあなたのためなら、すべてを投げ打っても、後悔しません」

本心だった。

官吏《かんり》としての道を諦《あきら》めるのも、再興した司家を手放すことも、彼女の傍にいられるなら惜しくはないと思えた。

「俺は、あなたがいなければすでに生きてはいなかった。俺に命を与えてくださったのは雪媛様です。俺にとっての、国とは、世界とは、あなたなんです……！」

わずかに、雪媛が腕の中で身じろぎした。

涙に濡れた顔が、ゆっくりと彼を仰《あお》ぎ見る。

「……どうか、お考えいただけませんか。ほんの少しでも、可能性があるのなら」

頬の涙を優しく拭《ぬぐ》ってやると、彼女の熱が、指の先から伝わってきた。

六章

「先生、王《おう》将軍のお話をしてください」

玉瑛《ぎょくえい》がせがむと、老人はまたかね、と微笑む。

しかし決して嫌な顔はせず、いつも新しい話を聞かせてくれた。彼の語り口は軽妙で、玉瑛は束《つか》の間《ま》すべてを忘れて、その物語の中に身を浸《ひた》すのが何より楽しい時間だった。

ほんのわずかな手勢で大軍に勝利した常識外れの奇襲攻撃、皇帝陛下からの恩賞を断ったことによる大騒動、彼に恋をしたある貴族の娘の事の顛末《てんまつ》、宿敵との一騎打ち——。

瑞燕国《ずいえんこく》でその名を知らぬ者はない王将軍には様々な逸話《いつわ》があったが、世間ではどれも尾ひれがついて、まるで神話のようにあり得ないことまで語られていた。しかし老人の語る王将軍は、血の通った一人の人間に思えた。

話を聞きながら、玉瑛は彼がどんな顔で、どんな声をしているのかと想像する。

「いつか私も、王将軍に会えるでしょうか」

「はは。会えたら、どうするかね？」

玉瑛は考え込んだ。

「そっと、陰からお姿を見ていたいです」

「おや、せっかく会えるというのに話をしたいとは思わないのか」

「きっと、緊張して喋《しゃべ》れません。だから、見ているだけで十分です。勇ましく戦う姿、陛下の前で凜々《りり》しく勝利を報告する姿、笑っているところ……そんなふうに、ずっと将軍のお傍《そば》にいれたらいいのに」

「では、将軍の妾《めかけ》になるかの」

「いいえ！　できることなら、将軍の部下に……いえ、愛用の剣になれたら……！　それなら、ずっと一緒ですもの。戦《いくさ》のお役にも立てます！」

老人は肩を揺らして大笑いした。

「剣とは！　これはまた、とんでもない望みだ」

「一度でいいからお会いしてみたいのです。戦から凱旋《がいせん》してきた将軍を、人垣の後ろからこっそり眺めるだけでも！」

玉瑛は、本当に王将軍が好きだった。

会ったこともない、物語の中に生きている英雄。

後から思えばそれは、不可能を可能にするその人のようになりたいと、無意識に思っていたからかもしれない。

（夢が近づくと、怖くなる――）

己《おのれ》が夢見た未来へ向けて、着実に一歩ずつ進んでいるのがわかる。あともう少しで、その大きな足掛かりを得ることができる。

この国に、初めて女帝が誕生するのだ。

充足感に満たされ高揚感《こうようかん》に震える、そんな自分の姿を想像していたのに――これはなんだろう。

雪媛《せつえん》はぼんやりと、庭で遊ぶ天祐《てんゆう》と志宝《しほう》の姿を眺めていた。

芳明《ほうめい》が盆に茶器を載《の》せてやってくる。彼女の腹部は膨《ふく》らみを帯びていて、動作も随分《ずいぶん》ゆっくりとしていた。

「身重の体で何をしている。そういうことは、使用人にやらせればいいだろう」

さっと彼女から盆を奪って、雪媛は小言を口にした。

ここは雪媛が下賜《かし》した瑯《ろう》と芳明の暮らす屋敷であり、彼らは使用人を数名雇っているはずだった。それだけの十分な給金を渡しているつもりだ。

すでに季節は、夏のただ中にある。瑯は現在、潼雲《どううん》とともに都を離れていた。旧高葉領《こうようりょう》へ朔辰軍《さくしんぐん》が侵攻したと報告を受けた雪媛は、本人のかねてからの希望通り潼雲に指揮を執《と》らせることにした。

この遠征軍に、青嘉《せいか》は参加していない。

潼雲と瑯の力を見込んでのことではあったが、同時に、青嘉に対する雪媛の配慮でもあった。雪媛の愛人としてすでに噂の広まっている彼があまりに短期間で戦功を重ねれば、その存在を問題視する者が増えるだろう。それは皇帝となることを目指す雪媛にとっても、逆風になりかねない。

潼雲は雪媛の期待を裏切ることなく、すでに勝利の報が届いていた。近々、都へと凱旋するだろう。芳明の出産時には、瑯とともに喜びを分かち合えるはずだ。

芳明は不服そうに、つんと唇を尖《とが》らせる。

「だって、雪媛様への給仕は私の役得ですわ」

「おとなしく座っていろ」

「せっかく雪媛様が会いに来てくださったんですもの。事前にお知らせいただければ、何か気の利《き》いたものを用意いたしましたのに」

芳明は残念そうに、せめてもと自分の手で雪媛の茶を注ぎ入れる。

「ちょっと寄っただけだ。気にするな」

お忍びで来たので、雪媛の恰好《かっこう》はどこまでも簡素だ。馬車や輿《こし》も拒否して馬で乗りつけたので、来訪を知って飛び出してきた芳明はひどく驚いていた。

「お忙しいのではありませんか？　なんだか、少しお痩《や》せになったような……」

「お母様と同じようなことを言う」

「秋海《しゅうかい》様とは、お会いになれています？」

「ここへ来る前に、少し寄ってきた」

今日、久しぶりに顔を見せた娘に、母はいつも通りの笑顔を向けてくれた。

あれほど面会するのを恐れていた秋海の顔を見た途端、雪媛はひどく安堵《あんど》した。母の手の確かなぬくもりは、何より心を穏やかにさせてくれるものだった。

彼女が何事か思い悩んでいることに秋海は気づいたようだったが、何も訊《き》こうとはしなかった。そうしてただ傍にいてくれる母の存在は、雪媛の荒れ狂うような感情を静かに宥《なだ》めた。

「秋海様は私のことも気遣《きづか》ってくださって、折に触れていろいろと差し入れてくださるんですよ。この間は、お手製の包子《パオヅ》をごちそうになりました」

「お母様が作ったのか？」

秋海はあの火事で負った怪我《けが》のせいで、右手が思うように動かない。

「片手でもこれくらいはできる、と仰《おっしゃ》っていましたが……きっと大変だったろうと思いますわ。丹子《たんし》にも手伝ってもらったとのことですけれど、どれほど時間がかかったのか」

「そう……」

志宝は庭の池を覗《のぞ》き込んで、天祐と何事か笑い合っている。彼の動かない足は、まだとても小さい。

(誰かの犠牲の上に、この世界は成り立っている。私が望んだ未来のために——)

芳明が、無意識に自分の腹部に手を当てている。

宿った命は、まっさらだ。

「元気な子が、生まれるといいな」

「ええ」

幸せそうに微笑む芳明に、雪媛もつられて笑顔になった。久しぶりに、心から笑った気がする。

(子ども、か……)

自分もいずれ、子を産むだろう。

あの夜の、飛蓮《ひれん》の言葉を思い出す。

——どうか、お考えいただけませんか。ほんの少しでも、可能性があるのなら。

ずっと、自分の隣にいるのは青嘉だと思っていた。

もしそれが飛蓮であったら、どうだろう。

彼が夫となった時、雪媛にとっての脅威《きょうい》になり得るだろうか。

そう考えて、雪媛は思わず苦笑した。

己の伴侶を選ぶ上で、今の自分にとって最も重要なのはそこなのだ。

これまでの歴代皇帝たちは、果たしてこんなことを考えただろうか。男の彼らはきっと、妻が己の脅威になるなどとは恐れなかったに違いない。

あの時、飛蓮に抱きしめられることに抵抗はなかったし、安堵すら感じたのも事実だ。飛蓮は本来ならば、表舞台に出ることなく消える運命だった人間である。だから余計なことを考える必要がない。未来ではこうなるはずだとか、本当ならこうだったとか思い悩まず、ただ今を生きているだけだと感じることができる。

それは本来当たり前であるはずなのに、未来を知る雪媛にとっては、ひどく自由で、得《え》難《がた》いことに思われた。

雀熙《じゃくき》たちの計らい通り、雪媛には数々の位《くらい》と恩賞が与えられ、各地からは瑞祥《ずいしょう》が現れたという知らせが届き始めている。

女帝が誕生するというお告げが下ったという噂が流れ、民《たみ》の間では雪媛が皇帝になるのではないかという声が上がっている。女が皇帝などありえない、という者、神女がこの国を導くべきだ、という者、反応は様々だ。

朝廷内では、日に日に力を増す雪媛に対し、独護堅《どくごけん》が強硬に批判を繰り返している。だがそんな彼の顔も、近々見納めになるだろう。彼を罪に問う準備は、ほぼ整いつつある。

雪媛が皇帝の階《きざはし》を上る準備は、着々と進んでいる。

一方青嘉はこの間《かん》、皇宮《こうぐう》へほとんど姿を見せなかった。最近は、練兵のために都近くの軍営で寝泊まりしているという。

あの日、雪媛が吐き出すようにぶつけた言葉に彼の表情は固まり、やがてその目には深い哀《かな》しみの色が浮かぶのがわかった。

彼を傷つけたのだと、承知している。

青嘉を疑う自分が、嫌だった。そんなことを考えてしまう自分が、あまりにも愚かに思えた。

それでも、青嘉が中枢《ちゅうすう》から遠ざかったことに、安心している自分がいる。

「失礼いたします」

そわそわとした様子で、女中が芳明に声をかける。

「奥様、旦那様が都へお戻りになったそうでございます」

「瑯が?」

「はい。つい先ほど、高葉から戻った兵たちが都の手前までやってきたそうで、今頃はもう門を入られているかと」

芳明は驚いて雪媛に「お聞きになっていましたか?」と尋《たず》ねた。

「近々戻るとは聞いていたが、随分と早かったな」

「もう、いつになるのか文《ふみ》をちょうだいと言っておいたのに! 大変、迎えの準備をしないと」

慌《あわ》てて立ち上がろうとする芳明を、女中が支える。

「気をつけろ、芳明。私もそろそろ戻ろう。皆を労《ねぎら》わねば」

「せっかく来ていただいたのに、なんだか慌ただしくて申し訳ございません」

「気にするな」

「瑯兄ちゃんが帰ってきたの⁉」

こちらの会話を聞いていたらしい天祐が、嬉しそうに駆けてくる。

「天祐、父上と呼ぶんですよ。何度も言ってるでしょう」

父と呼ぶのにまだ慣れないらしい天祐は、どうもしっくりこないという顔をしている。

実際、歳の差を考えても父より兄のような存在だろう。

「瑯が帰ってきたら、ちゃんと父上って呼ぶのよ。わかった？」

「はぁい」

(瑯が父と呼ばれる日が来るとは)

感慨《かんがい》深く、雪媛は思い返す。初めて会った時は、まだ少年の面影《おもかげ》を残す野生児であったのに、最近はすっかり頼もしい男になった。

確かに時が流れ、人も皆、変わっていくのだ。

芳明に見送られて屋敷を後にした雪媛に、馬を引きながら燗流《かんる》が言った。

「朱雀大路《すざくおおじ》は帰還した兵たちを見ようと、人だかりができています。遠回りにはなりますが、迂回《うかい》していきましょう」

「待て。少し覗いていこう。凱旋した潼雲と瑯を迎えてやらねば」

「あとでどうせ、皇宮でお会いになるでしょうに」

「もちろん、周りには気づかれぬようこっそりな。皆に交じって手を振ってやろう。実は一度、やってみたかったんだ」

悪戯《いたずら》っぽく笑う雪媛に、燗流は「ちょっとだけですよ」と肩を竦《すく》めた。

彼以外にも護衛の兵が数名、少し距離をとりながら彼女を守っている。馬を彼らに預けると、二人は騒がしい人の流れに乗って通りへと出た。

燗流の言う通り、朱雀大路には勝利した勇敢な英雄たちを一目見ようと、鈴なりのひとだかりができていた。雪媛はその合間に、するりと身を滑り込ませた。

それが神女と呼ばれるこの国の摂政《せっしょう》であるなどとは、周囲の誰も気づいていない。何より彼らの目は、通りを進む隊列に集中していて、隣に立つ人間の顔など見てはいなかった。

やがて、騎乗した潼雲と瑯が姿を見せると、雪媛はほっと胸を撫で下ろした。

見た限り、二人とも別段手傷は負ってなさそうだった。いくらか傷のついた鎧《よろい》を纏《まと》いながらも颯爽《さっそう》と胸を張って進む姿は、彼らもまた、いずれこの国で名高い将軍となるだろうことを確信させた。

潼雲は雪媛に気づかず通り過ぎていったが、瑯はわずかに鼻をひくつかせたと思うと、ぱっとこちらに顔を向けた。

これだけの群集の中で雪媛の匂いを嗅《か》ぎ分けたのだろうか、と彼女は苦笑する。驚いた様子の瑯に向かって、ひらひらと手を振った。

彼はにこっと笑って、軽く拳を突き上げた。

(二人とも、立派になった)

彼らの頼もしい様子に、この国の未来への心強さを感じる。

そして同時に、虚《むな》しさも覚えた。

何かが、欠落している。

人々の歓声と熱気、それに応《こた》える兵士たちの誇らしげな顔。

そこに、王青嘉将軍はいない。

頬傷を持つ老将軍が、馬に乗ってこちらへやってくる姿を想像する。

彼はきっと、手を振ったりはしないだろう。勝利に酔うこともなく、ただなすべきことをしたまでだと言わんばかりに、人々の歓声の中を堂々と進んでいく。

向かいの人垣の奥に、年若い少女の姿があった。彼女は頬を染めて、手を振っている。

その顔はやがて、玉瑛のものへと変化していく。

――ああ、一度でいいからお会いしてみたいです。戦から凱旋してきた将軍を、人垣の後ろからこっそり眺めるだけでも！

眩《まぶ》しそうに彼を見つめるその表情は、輝きに満ちていた。


独護堅が捕縛され、皇帝の命《めい》により——つまりは摂政である雪媛の命により——流刑《るけい》を言い渡されたのは、夏の終わりを感じ始めた頃のことだった。

死罪としなかった理由はひとえに、彼が先帝が遺《のこ》した唯一《ゆいいつ》の実子たる平朧公主《へいろうこうしゅ》の祖父だからである。妻子は身分を平民に落とされたが、先帝の妃《きさき》であり公主の母である芙蓉《ふよう》はこれを免《まぬか》れた。そう取り計らったのは、雪媛である。

彼が失脚すると、護堅派であった者たちは次々と高易《こうえき》や雀熙にすり寄り始め、思惑《おもわく》はどうあれ、雪媛の意向に反発する声はほとんど聞こえなくなっていった。

青嘉が皇宮を訪れたのは、そうして朝廷が落ち着き始めた頃のことだった。

不思議と、見慣れた風景がどこかよそよそしく感じられた。クルムから帰還した後ですらそんな思いは抱かなかったというのに、ほんの二月《ふたつき》ほど離れていただけで何が変わったのかと考える。

（——いや、変わったのは、俺のほうだろうか）

ただ、実際に皇宮の雰囲気にも変化した部分はあるだろう。独護堅が失脚したことで人員も随分と入れ替わり、何より、雪媛を玉座《ぎょくざ》に望む気運が高まっている。それは誰も明確に言葉にこそしなかったが、そう遠くない時期に実現する決定事項として人々に受け止められていた。

彼女は外堀を埋め、手順を踏み、自《みずか》らを押し上げる風を作り上げたのだ。

「青嘉、来ていたのか」

偶然行き会った江良《こうりょう》が、青嘉に気づいて足を止めた。

彼と会うのも、あの日川辺で語らって以来である。

「久しぶりだな、江良」

「雪媛様に呼ばれたのか？」

「ああ」

「そうか」

江良はほっとした様子だった。

「即位式も近いというのに、お前を呼び戻す気配がないから心配していたんだ」

「即位式……決まったのか？」

「内々にはな。近々陛下が雪媛様に対し、皇帝となるよう請《こ》われることになる。雪媛様はこれを固辞して、あくまでも渋々受け入れて譲り受けるという形になるから、今から準備していると声を大にしては言えないが」

「即位式は、いつになる？」

「来月末の予定だ。吉日を選んで執り行う」

雪媛の傍で側近として働く江良はきっと、毎日のように雪媛と顔を合わせている。尚宇《しょうう》や飛蓮たちも、彼女のもとで忙しく走り回っているだろう。

青嘉もかつては、常に彼女の傍《かたわ》らにその身を置いていた。彼女とともに、彼女の進む道を歩み、彼女を支え、同じ未来を見ているつもりだった。

だが今、雪媛の運命を左右する重大事も、彼から遠く離れた場所ですべてがつつがなく進んでいく。今はただ、傍観者《ぼうかんしゃ》のように見守るだけだ。

ほんの少し前の自分であれば、そのことに落胆を覚えていただろうか。

江良に別れを告げ、華陵殿《かりょうでん》の前を通り過ぎる。すると、彼に声をかける者があった。

「青嘉殿」

愔寿《あんじゅ》の乳母《めのと》である。

彼女は嬉しそうに近づいてきた。

「お久しぶりでございます。このところお見かけしませんでしたね」

「ええ、しばらく練兵のために都を離れておりました。陛下はお元気でしょうか」

乳母は少し、表情を陰らせる。

「青嘉殿にお会いしたい、とよく仰っておられます」

「陛下は今、華陵殿に？」

「はい。あの、雪媛様のところへおいでですか？　よろしければその後にでも少し、いらっしゃいませんか。陛下もさぞお喜びになると思います」

この国の皇帝に謁見《えっけん》するより、摂政に会うことを優先させる。本来であれば不敬と言われるであろうが、それを皇帝の乳母自らが当然のことのように口にしている。

それが現在の、雪媛と愔寿の立場のすべてを物語っていた。

「……まだ、少し時間があります。先に伺《うかが》っても？」

「まぁ、もちろんでございます！　さぁどうぞ」

皇帝の住まいであるはずの華陵殿は、静けさの中に沈み込んでいた。宮女たちの表情は暗く、子どもの笑い声も聞こえない。

案内する乳母は、諦観《ていかん》の表情を浮かべている。

「独大人《たいじん》が流されてから、陛下の遊び相手だった少年たちも顔を見せなくなりました。宮女の数も随分と減り、行き届かない点も多く、お恥ずかしい限りでございます」

少年たちの親が、時勢を見て彼らを愔寿から遠ざけたのだろう。宮女の数を減らしたのは、雪媛の意向だろうか。

愔寿は着々と、無防備な状態に追いやられているのだ。

「陛下、青嘉殿がお見えでございます」

部屋の中で一人、ぽつんと座っていた愔寿は、青嘉の顔を見るとぱっと表情を明るくした。

「青嘉！」

駆け寄ってくる愔寿を抱き留《と》めてやる。

「陛下、お久しぶりでございます」

「たかいたかいして！」

無邪気にせがむ愔寿に、青嘉は苦笑して、望むままに持ち上げてやった。

きゃっきゃと楽しげな少年とは対照的に、乳母も、控えた宮女たちも浮かない顔をしている。

ひとしきり相手をすると、青嘉は愔寿を下ろしてやった。

あまり長居するわけにもいかない。庭で遊ぼう、と駆け出そうとする愔寿に、青嘉は優しく言った。

「陛下、私はそろそろ失礼いたします」

「やだ、もっとあそぶ！」

「申し訳ございません。また参ります故《ゆえ》」

駄々をこねる愔寿を宮女が宥《なだ》めて、青嘉は華陵殿を後にした。見送りに出てきた乳母が「青嘉殿」と声をかけた。

「陛下を……陛下を、どうかお見捨てにならないでください」

彼女の目には、じわりと涙が溢《あふ》れ出していた。

「乳母殿……」

「皆、背を向けて去っていくのです。もう誰も、陛下を顧《かえり》みる者はありません。どうか、青嘉殿だけは」

ぎゅっと両手を握り締めながら、縋《すが》るように青嘉を見上げる。

「青嘉殿は雪媛様の信頼厚いお方。何卒《なにとぞ》、陛下のこと、雪媛様によしなにお伝えくださいませ。まだ何もわからぬ幼子にございます。どうか、どうか……青嘉殿だけが、頼りでございます」

頭を下げる乳母に、青嘉は何も言葉をかけることはできなかった。

己の手を見下ろす。

先ほど抱き上げた少年の身体は、以前より少し成長し、重くなっていた。

赤子を殺した雪媛を詰《なじ》り、彼女と決別した若き日の己を思い起こす。

（あの時の王青嘉なら、今の俺を見て、何と言うだろうか）

青嘉が執務室へ入ると、雪媛は窓辺の椅子に深く腰掛け、手にした書面を読んでいるところだった。ちらりとこちらに視線を向けると、「座れ」とだけ言って再び手元に視線を落とす。

言われるがまま、雪媛の向かいに腰を下ろした。

静けさに包まれた少し薄暗い部屋の中、窓枠の陰影が二人の身体を覆《おお》うように、その模様を密《ひそ》やかに映し出している。まだ外は夏の暑さが残っているというのに、ここはやけにひんやりとしていた。

やがて雪媛が、手にしていたものを差し出す。

「芙蓉からの書状だ」

「読んでもよろしいのですか?」

雪媛は頷き、青嘉は戸惑《とまど》いながらそれを受け取った。

それは思いがけず、丁寧《ていねい》な礼状であった。

父独護堅が重罪を犯したにもかかわらず、娘である自分、そして孫である公主の立場にご高配を賜《たまわ》ったこと、大変ありがたく存ずる――流麗《りゅうれい》な文字で書かれたその内容を読んだ時、青嘉は確かな時の流れと変化を感じた。

(あの独芙蓉が、雪媛様にこんな文を書くようになったのか)

碧成《へきせい》の寵愛《ちょうあい》を競い、雪媛に対し常に敵愾心《てきがいしん》を抱いていた独芙蓉。雪媛が腹の子を殺したと信じ、憎悪を抱いていたあの、彼女が。

ふ、と雪媛が物憂《ものう》げに笑う。

「決して、私を許したわけではないだろう。芙蓉にとって大事なのは娘の公主なのだ。娘のためならば、内心がどうであれこうして私に礼状を送ることもする。……芙蓉は、皇帝の寵姫《ちょうき》ではなく、母になった」

「……そうですね」

「二人に不自由をさせるつもりはない。公主にも、いずれよい嫁《とつ》ぎ先を考える」

独護堅は、公主と愔寿との婚姻を考えていた。だがそれはもう、決して実現することはないだろう。雪媛の考える『よい嫁ぎ先』とは、皇族と縁《えにし》を結べる程度に名家ではあるが実権を持たず、雪媛にとって障害とならない相手ということにほかならなかった。

「これを見せるために、呼んだのですか」

「まさか。これはちょうどさっき届いたんだ」

書状をしまうと、雪媛はゆっくりと茶を口に運ぶ。

「先日の戦で、潼雲と瑯はよくやってくれた。当面、朔辰国もおとなしくなりそうだ。いずれは真っ向から戦わねばならぬ相手だが、時期は見極めねばならぬ。しかし今はその時ではない」

わかるな？　というように、雪媛は青嘉に視線を向けた。

前世で青嘉が朔辰軍を打ち負かし、五国統一を果たしたのはまだ何年も先のこと。長年の戦略的な駆け引きの結果、もたらされた勝利だった。すでに歴史が大きく変わったとはいえ、有利な状況が揃《そろ》わねば容易に勝つことのできる相手ではない。未来を知る雪媛と青嘉は、それを理解している。

「近々、燦国《さんこく》の皇太后《こうたいごう》の死が伝わってくるだろう」

「はい」

「燦国の混乱に乗じて、一気に攻め取る。――此度《こたび》はお前を総大将に任じる」

青嘉ははっとした。

「私が皇帝となり最初に手にする勝利を、お前にもたらしてほしい」

鋭い眼差《まなざ》しが、青嘉を射貫《いぬ》く。

きらきらと輝くような、深いぬばたまの瞳。それが、彼女の確固たる意志だとわかった。

「雪媛様――」

「半月後、出立《しゅったつ》せよ」

ただし、と付け加える。

「燦国を落とすまで、帰参は許さぬ」

さっと冷たい帳《とばり》が、二人の間に下ろされたような気がした。

つい先ほど、江良は言っていた。即位式は、来月の末であると。

半月後この戦に出れば、即位式に立ち会うことは不可能だ。

雪媛が皇帝となる日、この国の頂《いただき》に立つ日に、青嘉がその場にいることを許さないと
――彼女は、そう言っているのだった。

青嘉はわずかに唇を震わせ、口を開こうとした。

しかし、言葉は何も出てこない。

彼女の意図は、明白だった。

そうするとこで、青嘉との関係を断ったこと、そして彼とは距離を置くという意思を、皆に示すつもりなのだ。そして誰より――青嘉に対しても。

「戦果を期待している。……王青嘉将軍」

雪媛が口にしたその呼び名はまるで、この世で初めて耳にしたものであるかのように青嘉の耳に響いた。

――私の隣で、お前は私と同じ景色を見るんだ、青嘉。

それは、ほんの数カ月前に、彼女が口にした言葉だった。

あれから、どうしてこんなに、何もかもが変わってしまったのだろう。

「お前とのことはすべて、ほんの戯《たわむ》れであった」

うっすらと、雪媛は笑みを浮かべた。

「別に、誰でもよかった。お前はすぐ傍にいて、都合がよかったのだ」

雪媛は、なんでもないことのように肩を竦める。

「それこそ、クルムに同行したのが潼雲だったら、潼雲と寝ていただろう」

――冗談以外に何があるのだ、馬鹿者。

そう言って悪戯っぽく笑うことは、もうない。

「クルムではほかに頼る者もなかったから、お前を繋ぎ止めておかねば己の身を守る術《すべ》がなかった。差し出せる対価はこの身体しかないから、床《とこ》をともにしただけのこと。クルム軍を連れ帰るにも、お前は使い勝手が――」

「おやめください……！」

その言葉が欺瞞《ぎまん》に満ちていると、わからないはずがなかった。

そんな物言いをする理由は、ひとつしかない。

「それほどまでして、どうしても、俺を遠ざけたいのですか」

「………」

「俺が、あなたを……玉瑛を、殺したからですか」

同じような会話を、いつか雪媛とした気がする。

あれは、彼女が碧成の妃となる少し前。あの湖の畔《ほとり》で過ごした、二人だけの時間。

青嘉はあの夜から、彼女に永遠に仕《つか》えることを誓ったのだ。

「俺を信用できないから、俺があなたを殺すかもしれないから、傍には置けないと？」

「お前とのことは、戯れであったと言っただろう。これ以上おかしな噂が立っては、皇帝としての権威に傷がつく。お前を傍に置けば愛人を囲っていると揶揄《やゆ》され、お前が出世すれば私が特別扱いしていると謗《そし》られる。しばらく遠い土地へ行って、禊《みそぎ》をしろと言っているのだ」

「俺が未来の記憶を持っていると知らなければ、そんなことは仰らなかったはずです！」

雪媛は、仕方がないというようにふう、とため息をついて、伏せていた目を青嘉に向けた。

煌《きら》めく瞳が、彼を捉《とら》える。

「雀熙たちとも相談して、即位式を終え次第、相応《ふさわ》しい伴侶《はんりょ》を迎える。新たな王朝を次代に伝えていくためには、後継ぎが必要だ。子を産むなら早いほうがよい」

淡々とした口調で、雪媛は言った。

「これが、最善だ」

きっぱりとした声音だった。

あの時――雪媛に仕えると決めた時も、彼女は青嘉を突き放そうとした。己は碧成の妃となるのだからと、青嘉には珠麗《しゅれい》と夫婦になれと迫った。

だが今、雪媛の下した決断はあの時とは根本的に違うのだと、青嘉は悟った。

彼女は、青嘉を遠ざけたいのではない。

排除しようとしているのだ。

目に入らぬ場所へ追いやり、思い悩まぬようにしたいのだ。

彼女はすでに決心し、そしてそれは揺らぐことがない。ずっと彼女を見てきたからこそ、青嘉にはわかった。

とっくに、わかっていたはずだった。

それでも目を逸《そ》らしていた己に、失望すら感じた。

二人でともに在《あ》る道は、もう無いのだということを。

「……残酷なことを、仰る」

ようやく絞り出したその声は、わずかに震えていたかもしれない。

「私がこの世に戻ってきたのは、あなたがいたからだというのに……」

雪媛の瞳が、わずかに揺れた気がした。

しかしそれは、一瞬のことだった。

青嘉は無言のまま立ち上がった。

そして、静かに頭《こうべ》を垂れると、部屋を出ようと扉へと向かう。

「私はお前を、殺したくない」

青嘉は足を止めた。

振り返ると、雪媛が真っ直ぐに青嘉を見据えている。

「殺させないでくれ」

その強い輝きを放つ瞳には、恐れと、そしてそれに反発するかのような固い意志が浮かんでいた。

老将軍王青嘉が最期《さいご》に聞いた言葉が、耳に蘇《よみがえ》ってきた。

――陛下のご命令なのです――申し訳ありません、将軍。

青嘉を殺すように命じた、かつての主君の顔を思い出す。

まだ年若いあの主君は、青嘉をひどく恐れていた。皇帝の地位にありながら未熟で力を持たない彼よりも、青嘉が大きな声望を得ていたからだ。

そうだ、と青嘉は思い返す。

自分でも、痛感していたではないか。

皇帝というものと、相性が悪い――と。

そして今、雪媛は青嘉を見る度《たび》、恐れを滲《にじ》ませた表情を浮かべるのだ。

（ああ、そうか――）

青嘉はゆっくりと、目を瞑《つぶ》った。

彼女が玉座を欲《ほっ》した時から、すでに、道は分かたれていたのだ。

変化し塗り替えられたこの世界で、雪媛と青嘉もまた、そのままではいられない。それは、至極《しごく》当然のことだった。

（俺たち二人が、世界をそう変えたのだから）

こんなふうに彼女と間近に過ごすことは、もう二度とないのかもしれなかった。そう思いながら青嘉はじっと、目の前の女人《にょにん》を見つめた。

彼女のすべてを、細部まで、ずっと記憶するように。

やがて彼はおもむろに、雪媛の前に膝《ひざ》をついた。

「――恐れながら、最後にひとつだけ、お願いがございます」

「……聞こう」

「陛下のお命を奪うことだけは、お考え直しいただけませんか」

「…………」

「その代わり、万が一、謀反《むほん》の企《たくら》みがあったその時には――私が必ずやこの手で討つと、お約束します」

雪媛はぎゅっと、裳裾《もすそ》を握りしめた。

「できるのか？」

どこか縋るような、強い口調だった。

「お前に、できるのか？」

青嘉は顔を上げ、真っ直ぐに雪媛を見据えた。

「『無心を己の血とせよ』――それが、我が王家の家訓でございます」

（そうだ――最初から、そうだったではないか）

王青嘉は私心を持たず、忠実に主君に仕える。

そして彼は今生で、仕える主君を己で選び取ったのだ。

目の前にある、この女性を。

彼が選んだ主君の視線が、じっと自分に注がれているのを感じる。

「……わかった」

そう口にした雪媛の表情は、どこか少し、安堵しているようにも見えた。

あの少年に手を下さなくていいのだという――その、安堵。

「陛下には監視をつけ、別宮でひっそりと暮らしていただく。私が生涯、保護しよう。約束する。――それで、よいな？」

きっと雪媛はもう、苦しまずに済む。

青嘉は深く、額《ぬか》ずいた。

「ありがたく、存じます」

「――歴史に名を遺《のこ》す大将軍となれ、青嘉」

その言葉に青嘉は、はっと顔を上げた。

「約束しろ」

雪媛が立ち上がった。

「五国中に名を轟《とどろ》かす英雄、王青嘉将軍。彼がいる未来を、私に、約束してほしい」

――玉瑛は本当に、王将軍に憧れていたんだ。

青嘉はその時、本当の意味で、彼女の意図を理解したと思った。

戦場こそが己の居場所であると血を滾《たぎ》らせ、強敵の出現に心を沸き立たせる。それが、王青嘉という人間だった。

ほかの場所で生きることなど、思いもよらない。

――生涯、武人として生きよ。

(そう、仰《あお》ってくださるのか)

雪媛を仰ぎ見る。

眩しい、と思った。

「承知――いたしました」

彼女はいつだって、輝くように青嘉の眼前を行く。

「私の仕える主君は、あなたただ一人です――陛下」

初めて彼女を、そう呼んだ。

雪媛はそれ以上何も言わず、顔を背《そむ》ける。

青嘉は懐《ふところ》にしまっていた包みを取り出した。手にしたのは、窓から差し込む光を受けて淡く輝く、翡翠《ひすい》の簪《かんざし》だ。

青嘉がその結い上げられた黒髪に手を伸ばすと、雪媛はわずかに身じろぎした。

しかし決して、こちらを見ようとはしなかった。

「贈る約束が……遅くなってしまいました」

名残《なごり》を惜しむよう、手を放す。

ようやく居場所を得た簪が、ちらりと煌めいた。

大きな荷物を、下ろしたような気がした。

七章

いつの間にか、日は傾き始めていた。

雪媛《せつえん》の居殿《きよでん》を後にした青嘉《せいか》は、見慣れた石畳の上を進んでいく。見る者があれば、その足取りはしっかりしていると目に映っただろう。

だが実際は、がらんどうになった身体が、人形のように勝手に彷徨《さまよ》い歩いている気分だった。

不思議と、悲しいとも、辛《つら》いとも思わなかった。ただ、喪失感と、自《みずか》らを取り巻く世界の変容だけを虚《うつ》ろに感じる。

時折すれ違う人々の話し声も、耳には届かない。あらゆるものが存在感を失い、己《おのれ》がどこか別の世界にこぼれ落ちたようだ。黒々と長く伸びた自身の影をただただ眺めながら、青嘉はどこへともなく歩みを進めていく。

「青嘉」

足下に落としていた視線を、ゆらりと上げた。

その声は、ふと彼を現実へと引き戻した。

いつの間にか、尚宇《しょうう》が目の前に立っていた。

復帰したとは聞いていたが、重傷を負い長らく床《とこ》に臥《ふ》せっていた彼と顔を合わせるのは、随分《ずいぶん》と久しぶりだ。首筋に刻まれた痛々しい傷痕《きずあと》は、彼が死の淵《ふち》から戻ってきたことをいまだ生々しく主張している。

「久しいな、青嘉」

「……ああ」

尚宇は、青嘉がやってきた方角にちらりと視線を向けた。雪媛の居殿からの帰りだとわかったのだろう。

そして、何かを察したように言った。

「お前、今自分がどんな顔しているかわかるか？」

青嘉はぼんやりと、己の頬を撫でた。一体、どんな顔をしているのだろう。

尚宇はわずかに苦笑した。それは達観したような、それでいて共感を含んでいるような表情だった。

そして、感慨《かんがい》深げに呟《つぶや》く。

「お前も、ついにこちら側の人間になったらしい」

その口調は、決して彼を嘲《あざけ》ったり、蔑《さげす》むものではなかった。

むしろこれまで彼が青嘉に向けて発したどんな言葉より、情を感じさせるものだった。

尚宇が長い間、雪媛を想っていたことは知っている。そして雪媛が、その想いを知りながらも、彼を受け入れることがなかったことも。

同じ女性を恋い慕《こした》う者の目敏さで、尚宇は気づいていたのだろうか。

雪媛が、青嘉を手放そうとしていることを。

（こちら側、か……）

雪媛に恋をし、そして、その恋に破れた者。

「……そうだな」

青嘉は嚙みしめるように、苦い笑みを浮かべた。

すると尚宇は、ふんと鼻を鳴らして顔を背《そむ》ける。

「安心しろ。この世の大半は、そういう人間だ」

青嘉は意外な心持ちで、尚宇の横顔を見つめた。

雪媛に心を寄せ、その傍《そば》に影のように付き従い続けた男。想いが報《むく》われなくとも、彼女のために命を捨てることを厭《いと》わなかった男。

彼が負ったその傷痕は、その想いを体現するかのようにこれからもその身にあり続け、雪媛の傍にあり続けるのだろう。

「尚宇」

「うん？」

「……俺は、お前を尊敬する」

すると尚宇は驚いたように目を瞠《みは》り、やがて顔を顰《しか》めた。

「ふん、遅いんだよ」

その言いように、青嘉は思わずふっと笑った。

これほど強い人間を、青嘉はほかに知らない。そのことに、今更ながら気づいたのだから。

「そうだな」

足下の影は、闇に沈み始めている。

青嘉は、深い紺碧《こんぺき》に侵食されていく空を仰《あお》いだ。

(この国に――勝利をもたらそう)

戦《いくさ》に勝てば、皇帝の前に立つことができる。

その目が、はっきりと自分へ向けられる。

その瞬間だけは、何人《なんぴと》たりとも、二人を隔《へだ》てることはできないのだ。

(何度でも戦おう。何度でも、勝利しよう――)

そうしてともに夢見た未来を、いつか肩を並べて眺める日を思い浮かべた。

分かたれた道は、いつしか同じ場所に行き着くだろう。

いくらかためらいがちに、尚宇は口を開いた。

「酒でも飲むか」

「え？」

「お前みたいな勝ち組野郎は知らないかもしれないが、こんな夜は、酒を飲んで全部忘れるものだ。でも、一人で飲むのは存外苦しいから——」

偉そうな物言いをしながらも、彼の目には優しさが確かに宿っていた。

「俺でよければ、付き合う」

胸の奥にぽっかりと開いた穴は、当分塞《ふさ》がることはないだろう。

それでも、いつか時が過ぎればその傷口は繕《つくろ》われ、痛みは消えていくのだろうか。その時まで、何かで紛《まぎ》らわせながら、痛みとともに生きていくしかない。

それは酒であったり、友であったりするのかもしれなかった。

「先達《せんだつ》の言葉は、説得力があるな」

「誰が先達だ」

青嘉は笑う。

「助言に従うのがよさそうだ。……感謝する、尚宇」

「……ふん」

行くぞ、と尚宇が歩き始める。

青嘉は、どこかまだぼんやりとした気分だった。

だから今の彼にとって、何をすべきかどこへ行くべきか、誰かが指し示してくれることはありがたかった。

尚宇の後に続きながら、青嘉はもう一度、空を見上げた。

月が昇り始めている。


雪媛は一人、鏡台の前に腰を下ろしていた。

己の黒髪に、見慣れない簪《かんざし》が光っている。

恐る恐る、触れてみる。幻ではなく、事実そこに存在していた。

雪媛はふと、記憶の残滓《ざんし》に触れた気がして、簪を引き抜いた。

(この簪、どこかで)

淡い緑の、翡翠《ひすい》の簪。

昔、見たことがある。

あれはまだ、雪媛が先々代の景帝《けいてい》の昭儀《しょうぎ》であった頃。青嘉と二人、市《いち》に赴《おもむ》いた。

そこで簪を二つ選び、青嘉に尋《たず》ねたのだ。どちらが似合うか、と。

青嘉はいずれも選ばず、この翡翠の簪を手に取った。

（あの時――青嘉が、選んだ）

ずっと、持っていたのだろうか。雪媛に渡すつもりで。

それはまるで、珠麗《しゅれい》に簪を渡せずにいたあの頃の青嘉のようではないか、と思い返す。

（青嘉は、やはり青嘉だ）

どれほど時が経《た》ち、立場が変わっても、そして雪媛が変わってしまっても、青嘉は変わらない。

（きっと、これからも）

覗《のぞ》き込んだ鏡の向こうで、そこに映っている女の頰を涙がひと筋、伝い落ちていくのが見えた。

それはまるで自分ではない、別の誰かが泣いているようだった。

（結局私は、柳《りゅう》雪媛にはなりきれなかった――どこまでも、玉瑛《ぎょくえい》だ）

いつか青嘉を殺してしまうかもしれないと思うと、怖かった。彼に対して疑念も、恐れも、不安も、抱きたくなかった。

しかしそのすべてを、玉瑛の望みは飛び越してしまうのだ。

彼女は、天下に名だたる王《おう》将軍が存在しない未来を、決して認めることができなかった。

「雪媛様、飛蓮《ひれん》殿がいらっしゃいました」

その声に、雪媛は涙を拭《ぬぐ》った。

「通せ」

静かに開いた扉の向こうから、飛蓮の白い顔が浮かび上がる。

鏡越しにその姿を確認し、雪媛は手にしていた簪を鏡台にことりと置いた。

「お呼びでしょうか、雪媛様」

少し緊張した面持《おもも》ちで、飛蓮は尋ねた。

この遅い刻限に呼び出した雪媛の意図を、察しているのだろう。雪媛への想いを告げて以来、その答えを待ちわびていたであろう飛蓮の声音は、不安と期待に揺れている。

ゆっくりと振り向きながら、雪媛はつい先ほど、別れを告げた際の青嘉の顔を思い出した。それはどんな刃《やいば》よりも、彼女の心を切り裂いた。

その痛みを抱《かか》えながら、また傷を増やさなければならないのだと、己の言葉で傷つくであろう二人目の男を見据えた。

「――すまない、飛蓮」


司《し》家の屋敷は夜の闇の中で、深く静まり返っている。微《かす》かに響く虫の鳴き声だけが、心地よい旋律を奏《かな》でていた。

眉娘《びじょう》は小さな灯《あか》りの下で筆を置き、大きく伸びをした。

師事した絵師から出された課題をようやく終えてみると、すでに深夜に及んでいた。何も食べずに没頭していたので、さすがに空腹を感じる。

そろそろと足音を忍ばせながら、部屋を出て厨《くりや》に向かった。こういう時、柏林《はくりん》が気を利《き》かせて、なにがしか食べるものを置いてくれているのが常だった。思った通り、葱油餅《ツォンヨウピン》が載《の》った皿を発見すると、眉娘は心の中で柏林に手を合わせる。

（ありがとう、柏林）

最近の柏林は忙しそうだ。雪媛に頼まれて、特別な衣《ころも》を縫っているらしい。極秘なのだと言って、眉娘にも飛蓮にも絶対に見せてはくれなかった。

皿を手に外へ出て、小さな階段に腰掛ける。葱油餅をもぐもぐと頬張りながら、眉娘はぽっかりと浮かぶ満月を見上げた。

（今度は私がお返しに、何か作ってあげよう。そうだ、せっかくだから東睿《とうえい》さんも呼んで、美味《おい》しいものを振る舞おうかしら……）

ふと、微かな話し声が聞こえた気がした。

咀嚼《そしゃく》した葱油餅をごくりと飲み込む。

誰か起きているのかと、きょろきょろと周囲を見回した。自分の部屋以外、屋敷はどこも灯りが消えていて、人の気配はない。

皿を置き、用心深く耳を澄ます。

やはり聞こえる。

飛蓮の声だ、と思った。

（庭のほうかしら……）

こんな時間にどうしたのだろう、と声を辿《たど》って近づいていく。月明かりのお陰で足下は明るく、晩夏の夜は涼やかで心地よい風が吹いていた。ふと、その風の向こうに水の匂いを感じとった。

司家の庭には小さな人工の池が広がっていて、水の上に浮くように四阿《あずまや》がひとつ据えられている。皓々《こうこう》とした月の下、この四阿のひっそりとした佇《たたず》まいが現れた。

その屋根の下、欄干《らんかん》に沿って備えつけられた長椅子に、ぽつんと座る人影があった。水面《みなも》を渡るように、忍びやかな嗚咽《おえつ》が耳に届く。

やはり飛蓮だった。

膝《ひざ》を抱えて身体を丸め、その背はしゃくり上げる度《たび》に震えている。

「うっ……………うぅ……」

眉娘は足音を忍ばせて、四阿にかかる橋の手前の生垣に身を寄せた。

飛蓮の傍《かたわ》らには、瓶子《へいし》がいくつも転がっている。あれを全部、一人で飲んだのだろうか。

月の光が、彼の頬を濡らす涙をきらきらと輝かせていた。

飛蓮の顔は、それはもうくしゃくしゃだった。歯を食いしばり、涙だけでなく鼻水も流しながら、子どものように咽《むせ》び泣いている。結わずに下ろした髪は掻きむしったかの如《ごと》く乱れ、頬に張りついている様は、もう彼が長いこと泣き続けていることを物語っている。

「お前さぁ、いい加減泣き止《や》めよ」

呆《あき》れたような声が聞こえた。

「うる、さい……」

「振られたくらいで、めそめそと。ほかに女なんて、いくらでもいるだろ」

「雪媛様でなければ、意味が、ない……っ、あの方でなければ……うぅっ……」

一層激しく泣きだす飛蓮は、一人だ。

しかし、声は二つ。

どちらも飛蓮の声なのに、明らかに一方は、飛蓮とは別人が喋《しゃべ》っているように思えた。

以前にも、こんなことがあったのを思い出す。

柏林によれば、飛蓮は時折、死んだ双子の弟と会話するという。

もちろん、弟の姿はなかった。飛蓮はすべて、一人で喋っているのだ。

「はっきり断られたんだろ？　もう忘れろ。縁がなかったのさ」

「そんな簡単に、いくか……っ」

飛蓮はひくひくとしゃくり上げながらも反論する。

「こんなに、苦しくて……辛くて……世界が終わったみたいな……胸の中を際限なしに抉《えぐ》られたみたいだ……っ」

眉娘は思わず、食い入るように身を乗り出した。

慌《あわ》てて懐《ふところ》に忍ばせてある帳面を取り出すと、同じく常に携帯している筆を執《と》る。

こんな機会は二度とないかもしれない、と思った。

出来得る限り、ありのままに写し取りたかった。あの感情のほとばしりを、いかにすれば表現できるのか。それは、いまだ完成しない彼の似姿を描く上での大きな足掛かりとなるものだと直感した。いつもの澄ました顔の奥にある、彼の内面。それを掴み取らなくては、本質が描けない。

急いで筆を走らせながら、眉娘は彼の泣き顔を、綺麗だなと思った。

もちろん、一般的な美というものとはかけ離れている。彼に憧《あこが》れる娘たちが見たら、幻滅すらするかもしれない。

それでも、ぐちゃぐちゃのぼろぼろになっても、飛蓮はやっぱり綺麗だった。顰《ひそ》められた眉、潤《うる》んで充血した瞳、流れる涙の伝った跡、紅潮した頰、震える唇、嗚咽とともに揺れる髪——彼の哀しみが端々《はしばし》に溢《あふ》れて、その身を彩る。

そのひとつひとつを捉《とら》えようと、眉娘はじっと観察した。

月の光は明るかったが、それでももどかしかった。もっと近くで、はっきりと見ることができたら——。

すぐ傍で、がさり、と音が鳴った。

身を乗り出した眉娘の肩が、生垣の葉を揺らしたのだ。それは思いのほか大きな音で、自分でもびくりとした。

途端に飛蓮の泣き濡れた瞳が、はっとこちらに向いた。

必死に帳面に絵を描きつけている眉娘に気がつくと、飛蓮は目を丸くしながら硬直した。驚きのあまり、泣くのを一瞬忘れたようだった。

眉娘は思わず、悲鳴を上げる。

「ああっ！　お願いです、そのまま！」

「…………は？」

「もう少し、そのままでお願いします！　まだ、描き終わってないんです！」

顔を歪《ゆが》めながら泣き続ける飛蓮の姿を、もう少し保っていてもらわねばならない。今しばらく、泣いていてほしい――。

筆を走らせ続ける眉娘に呆気《あっけ》に取られていた飛蓮は、やがて視線をゆらりと彷徨わせ、考え込むように頭を抱えた。

そして、ぼそりと呟く。

「……お前、泣いている人間にかける、優しい言葉がそれか……？」

そこでようやく眉娘は、夢中になっていた手を止めた。

一瞬、何を言われたのかとぽかんとする。

そしてすぐに、さあっと青ざめた。

飛蓮の言う通りだ。悲しんで泣いている人を前にして、自分の態度はあまりにも不人情であった。心配するでもなく、寄り添ってやるでもなく、思いやりの欠片《かけら》もない。

（わ、私、なんてことを――）

ぶるぶる震え始めた眉娘は、筆と帳面を手にしたまま、おろおろとした。

「も、も、申し訳、ありませ……っ、わ、私……つい……」

「ふっ……くく……っ」

密やかな笑い声が、夜の向こうから響いた。

「はは……は……」

飛蓮は笑っていた。

その様子に、眉娘は一体どうしたらよいのかと戸惑《とまど》った。

そして、涙に濡れた顔で可笑《おか》しそうに笑う飛蓮の姿もまた、美しいと感じ入る。

ひとしきり笑うと、飛蓮ははぁ、と疲れたように大きく息をついた。そして、こっちへ来いというように眉娘に向かって手招きした。

眉娘は身を強張《こわば》らせた。

怒られるのだろう。

そもそも、飛蓮と自分では身分が違う。雪媛との繋がりのお陰で客人のように扱われているとはいえ、本来であればこんな態度を取っていい相手ではない。

震える手で帳面をしまい込み、恐る恐る橋を渡り四阿まで辿り着く。そこまで来ると、泣き濡れた飛蓮の顔がはっきりと見て取ることができた。

突然、ぐいと腕を引っ張られた。

「きゃあ……っ！」

よろめきつつ、飛蓮の隣に寄りかかるように座らされる。慌てて離れようとしたが、彼は腕を摑んだまま手を放そうとしない。

「ちょっと、慰《なぐさ》めろ」

「あ、あの……」

「え？」

言うや否《いな》や、飛蓮は眉娘の膝に頭を預け、ごろりと横になった。

「……！　……!?」

硬直した眉娘は、どうしたらいいかわからず息を詰め、行き場のない両手と視線を彷徨わせる。

飛蓮は眉娘から見えないよう顔を膝に埋《うず》めるように背けているので、どんな表情をしているのかわからない。ただ、時折小さくしゃくり上げるのが聞こえて、その度に震える肩が、いつになく小さく思えた。

散々逡巡《しゅんじゅん》した挙げ句、おずおずと手を伸ばし、彼の頭をそっと撫でた。

嫌がる様子がないことにほっとして、そのまま優しく、乱れた彼の髪を梳《す》く。

涙で頬に張りついた髪を掻き寄せて、耳にかけてやる。

飛蓮は、されるがままだった。

火照《ほて》った頬を掠《かす》めた指先が、その滑らかな肌の感触を覚える。こんなふうに触れるのは初めてで、その体温や質感が、ただ美しいだけではない彼の確かな存在を感じさせた。

眉娘はその背中を見つめながら、今なら彼の絵が描けるのではないか、と思った。

摑みきれなかったものが、ようやく手の中に転がり込んできたような感覚。実物に触れることで、これまで感じていたものがついに形を成した気がした。

ただ、それはまた後にしよう、と眉娘はさすがに己を戒《いまし》める。

先ほどの会話――実際には、独り言――を思い出す。

(飛蓮さんは、雪媛様のことが好きだったんだ……)

そう思うと、胸の奥がちくりと痛んだ。

それは、自分でも意外な感覚だった。

こんなふうに絶望して泣くほどに雪媛を想っていたのだと思うと、羨《うらや》ましくすらある。

同時に、雪媛が彼の気持ちを受け入れなかったことに、ほっとしてもいた。

そこまで考えて眉娘はようやく、己の感情を自覚したのだった。

（私……そうだったんだ）

子どもにするように飛蓮の頭を撫でながら、自分に関するこの新発見に戸惑った。

彼は別の人を想っている。自覚した途端失恋しているのだから、どうしようもない。

小さく身を縮めた飛蓮は、なんだか可愛らしく思えた。

（傷ついている人を、可愛いと思うのは間違っているかしら）

じわじわと顔が熱くなってきた。

だんだん恥ずかしくなってきて、ぱっと飛蓮から目を逸《そ》らす。少し落ち着こう、と肩越しに見える、月の光に照らされる水面を眺めた。

四阿の影が落ちて、ゆらゆらと揺れている。

水鏡の中でさかさまになった欄干の向こうに、自分の顔が朧《おぼろ》に垣間《かいま》見えた。

そのすぐ背後に、眉娘を覗き込むような人影が映り込んでいることに気づいた。

飛蓮だ。

驚いて正面に向き直る。

しかし彼は、眉娘の膝の上で横になったままであった。もちろん、四阿にはほかに誰もいない。

訝《いぶか》しんで、眉娘はもう一度、水面に視線を向けた。

やはり飛蓮の幻影が、そこにある。

水の中に佇むその表情は、泣きじゃくっていた先ほどまでとはまったく異なり、穏やかに微笑すら浮かべている。

なんだかそれは、飛蓮ではないように眉娘には思われた。

彼は、ゆっくりと口を開く。

何か、言っている。

声は、聞こえない。

(え——何?)

だが、眉娘に向かって語りかけているのだとわかる。眉娘は唇の動きを読もうと、じっと目を凝《こ》らした。

——よ、ろ、し、く。

風が水面を撫で、彼の姿をひたひたと消し去った。

そこにはもう、眉娘と飛蓮だけが取り残されていた。

香の匂いに包まれながら、雪媛は閉じていた瞼《まぶた》をそっと開いた。

据えられた大きな鏡が、彼女の姿を映し出している。

そこに立つのは、皇帝柳雪媛であった。

その威容は、歴代皇帝たちとはいささか趣《おもむき》を異《こと》にしている。冠は小ぶりに誂《あつら》えられて、顔前に垂れ下がる旒《りゅう》には色とりどりの石が華麗に連なっている。低く結った黒髪には金色の簪がいくつも輝き、漆黒《しっこく》の衣を覆い尽くすように縫い取られた大きな金色の龍と対応していた。長く引《ひ》き摺《ず》る裳裾《もすそ》まで身をくねらせ眩《まばゆ》い光を放っているこの龍こそ、皇帝の証《あかし》の意匠《いしょう》である。襟元《えりもと》と袖口《そでぐち》は雪媛の唇に塗られた紅と同じく、目の覚めるような緋《ひ》色があしらわれていた。

それは皇帝としての威厳に満ちながらも絢爛《けんらん》豪華、麗《うるわ》しい女帝に相応《ふさわ》しい出《い》で立ちであった。

男性の皇帝と同じ装束を着ても、女の身ではどうしても借り物じみて見えてしまう。だからこそ史上初の女帝である雪媛は、皇帝の権威を損《そこ》なわず女の身体に馴染《なじ》む、そして女だからこそ最も見栄《みば》えのする衣装にこだわった。

控えていた柏林に、雪媛は微笑みかけた。

「よくやってくれた、柏林。素晴らしい出来だ」

即位式のためにこの衣装を作り上げた柏林は、うっとりと雪媛の姿を眺めながら、嬉しそうに頬を染めた。

「身に余る光栄でございます」

その傍らで、感極《かんきわ》まった様子の芳明《ほうめい》が涙ぐんでいる。

「本当に、ご立派なお姿でございます」

出産を間近に控えた芳明は、即位式の際には必ず雪媛のもとへ馳《は》せ参じるのだと言って聞かず、大きなお腹《なか》を抱えてやってきていた。雪媛は心配したが、てきぱきと宮女たちを差配して滞《とどこお》りなく支度を整える様子は、さすがの手際《てぎわ》であった。

芳明は、零《こぼ》れ落ちそうになる涙を拭う。

「この日をずっと、待ち望んでおりました」

「芳明……」

「雪媛様は必ずや、素晴らしい名君におなりにございます。私はそれを、よく知っております」

雪媛は嫣然《えんぜん》と微笑む。

「あまり無理をするなよ。身体に障《さわ》る」

「今日無理をせず、いつすると言うんです。雪媛様が階《きざはし》を上る姿を、しっかりとこの目で見届けなくては。――式典まで、まだ少し時間がございます。お茶でもお持ちしましょうか」

「もういいから、座っていろ」

「ですが」

「いいから、そこへ座れ。これでは安心して即位などできぬぞ」

「芳明さん、どうぞ摑まってください」

柏林が手を差し伸べて、遠慮する芳明を慎重に椅子に座らせてやる。

「ありがとう、柏林」

「柏林、すまぬな。もう下がってよい。ご苦労であった」

「はい。失礼いたします」

柏林は退出し、芳明は腰を下ろして初めて自分の疲れを感じ取ったように、ふうと息をついてお腹を摩《さす》った。

雪媛はその様子に微笑みながら、鏡台の前に腰掛けた。

手を伸ばし、小さな螺鈿《らでん》の箱を開く。

中から、翡翠の簪が姿を見せた。

これを贈った青嘉の姿は、すでに都にない。今頃は燦国を目指し、行軍を続けているはずだ。

出立《しゅったつ》の日、雪媛は城壁の上から、一人遠くその姿を見送った。

互いに、言葉を交わすことはなかった。

「芳明」

「はい？」

「すまないが、これを、髪に挿《さ》してくれるか」

芳明はよいしょと身体を起こすと、差し出された小ぶりで慎《つつ》ましやかな簪に首を傾《かし》げた。

「こちらを、でございますか？　……あの、雪媛様、本日のお召し物にこの簪は……」

雪媛の髪はすでに、いくつもの豪奢《ごうしゃ》な簪で飾り立てられていた。それに比べるとこの簪はあまりにも見劣りし、なおかつ翡翠の淡い緑も全体の配色にそぐわないと思ったのだろう。

雪媛は静かに、微笑んだ。

「わかっている。それでも、頼む」

芳明は受け取った簪をじっと見つめ、そして何かに思い至ったように雪媛を窺《うかが》った。

「あの、もしやこの簪は……」

そう言いかけ、しかし、彼女は口を噤《つぐ》んだ。

そして何も訊《き》かずに、小さく頷《うなず》く。

「承知いたしました」

芳明は位置を鏡で確認しながら慎重に簪を挿し、いかがでしょう、と尋ねる。

「――うん。ありがとう、芳明」

大ぶりなほかの装飾品に隠れるようで、それはほとんど存在を主張しなかった。きっと、彼女の姿を遠巻きに目にする多くの者の中に、気づく人間はまずいないだろう。

それでよかった。

誰かに、見せたいわけではない。

「そろそろお時間でございます、雪媛様――いいえ、陛下」

芳明が、威儀を正して拝跪《はいき》する。

「ああ、行こう」

秋の青空が、皇宮の天高く広がっている。

大慶殿《だいけいでん》の前庭には、文武百官が整然と居並んでいた。

まるで宮殿を支える柱のように等間隔に配置された彼らの間を、雪媛は堂々とした足取りで進んでいく。ここまで宮女や侍従《じじゅう》たちとともに雪媛に付き従っていた燗流《かんる》は、どこか眩《まぶ》しそうな表情で足を止め、階へと進み出る彼女を静かに見送った。

高い高い階をゆっくりと上る途中、尚宇が泣きだしそうな顔をしているのが目に入った。

その首の傷痕は、雪媛がずっと背負うべきものだ。

穏やかに見守っている、江良の姿もある。常に彼女を支え導いてくれた、彼女の師。

その隣には、飛蓮が並ぶ。彼の申し出を断った数日後、腫《は》れた目をしながら、これからも雪媛に臣下として誠心誠意仕《つか》えたいと言ってくれた。

向かいには潼雲《どううん》と瑯《ろう》が兵を従え、輝く鎧《よろい》に身を包んでいる。彼らはいずれ、この国を背負って立つ偉大な将軍となるだろう。

階を上り終えた雪媛を迎えたのは、新皇帝の手に渡る御璽《ぎょじ》を携《たずさ》えた蘇高易《そこうえき》と薛雀熙《せつじゃくき》であった。二人は恭《うやうや》しく、頭《こうべ》を垂れた。雪媛が皇帝に即位することに難色を示すと思われた高易であったが、彼女がその意思を伝えた時、彼は静かにそれを受け入れた。自分が仕えるのはあなたではなく、この国だ、と言いながら。

目に見えぬ彼らの手が、その身を頂《いただき》へと押し上げ、支えてくれる。

風が舞い上がり、林立する旗がはためく。

太鼓の音が響き渡り、天が彼女を讃《たた》えるように光が溢れていく。

雪媛は振り返り、居並ぶ者たちを睥睨《へいげい》した。

大地が揺れるほどの歓呼の大合唱が、彼女の身体を包み込む。

「皇帝陛下、万歳、万歳、万々歳！」

風に吹き倒されたかのごとく、文武百官が一斉に地に平伏した。

それはこの国に初めての女帝が誕生した瞬間であり、彼女がかつて切望した景色であった。

雪媛は、自身の傍らに目を向けた。

そこには、鎧を纏《まと》った王青嘉将軍が、ともに並び立っている。

彼は雪媛の視線に気がつくと、誇らしげに微笑んだ。

だがやがてその姿は、煙のように消え去ってしまう。

階の上の立つ者は、雪媛ただ一人だった。
翡翠の簪が、日の光を受け、輝いている。

八章

その日の朝、門前に現れた一人の男の姿に、朱雀門《すざくもん》を守る兵士たちの視線は釘付けになった。

彼が門を潜《くぐ》り抜ける間、兵士たちは緊張し、自然と背筋をぴしっと伸ばした。一心に職務に集中しているように振る舞いながら、横目でこっそりと彼の一挙手一投足《いっきょしゅいっとうそく》を窺《うかが》う。

やがて、その背中は遠ざかり見えなくなった。

彼らは興奮した面持《おもも》ちで、わっと声を上げた。

「王《おう》将軍だ……！」

「王青嘉《せいか》将軍！　うわぁ、こんな間近で見たの俺初めて！」

「本当に頬傷がおありなんだな」

「お歳を召されたというのに、すごい迫力だ。さすがは伝説の大将軍！」

「皇宮《こうぐう》には滅多《めった》においでにならないと聞いたが、どうされたのだろう」

若い兵士たちがそんな会話をしているとは知るよしもなく、青嘉は久方ぶりの皇宮の奥へと進んでいく。

かつて瑞燕国《ずいえんこく》と呼ばれたこの国は、今では雪華国《せっかこく》と号されている。

五国を平らげたことで広大な領土を統治するこの国において、その王朝の始祖たる女帝を支え続けた最大の英雄、最強の将軍と名高い王青嘉。それは生ける伝説であり、武人であれば誰もが憧《あこが》れる存在となっていた。

ふと、青嘉は足を止めた。

整然と並ぶ官衙《かんが》も、朱塗りの柱に囲まれた回廊も、人々を見下ろす高楼《こうろう》も、かつてと変わらずそこにある——はずである。

しかし長いこと訪れていなかった間にあれこれ配置が変わったのか、記憶にある道を辿《たど》っても目的地に行き着かない。

おかしいな、と思いながら来た道を引き返し、行ったり来たりする。

ふと、低い笑い声が響いた。

「また迷っているのか、青嘉」

背後から現れた人物に気づくと、青嘉は畏《かしこ》まって礼を取った。

「——これは、太皇《たいこう》様」

「久しぶりだな」

穏やかに微笑む皺《しわ》の刻まれた顔は、懐《なつ》かしい面影《おもかげ》に満ちている。白髪を湛《たた》えた江良《こうりょう》は、かつての彼より一回り小さく見えた。

互いに歳を取った、と改めて思う。

雪媛《せつえん》が皇帝として即位してから、すでに四十五年の歳月が流れていた。

偶然通りかかった中堅どころの官吏《かんり》が、江良の姿に気づくと慌《あわ》てて端に寄り頭を下げた。

女帝柳《りゅう》雪媛の夫として、この国初の皇配《こうはい》となった朱《しゅ》江良は、現在は太皇と呼ばれ敬われている。

雪媛はすでに、この世にない。

彼女が病《やまい》で息を引き取ったのは、皇帝として即位してから二十六年後のことであった。まるで彼女の後を追うように、尚宇《しょうう》もその三カ月後に病死した。彼の人生は真実、雪媛のためにあったようだった。

長年女帝の護衛を務め続けた燗流《かんる》も、彼女の死後職を辞して、放浪の旅に出てしまった。以来消息は定かではないが、彼のことだから恐らくどこかで達者でいるだろう、と青嘉は思っている。

現皇帝の名は、柳獅燈《しとう》。雪媛と江良の間に生まれた息子である。

雪媛が築いた土台を引き継いだ獅燈は、苛烈《かれつ》な母とは正反対の温厚な性格で、堅実に国を治めていた。

雪媛が江良を伴侶《はんりょ》と定めたことを知ったのは、青嘉が燦国《さんこく》との戦《いくさ》のただ中にいる頃であった。

都から届いたその報を耳にした瞬間、ひどく安堵《あんど》したのを覚えている。江良ならば雪媛を間違いなく支えてくれると、信じることができたからだ。

実際、二人の夫婦仲は大層円満であった。

江良は宰相《さいしょう》になるという夢を諦《あきら》め、後宮《こうきゅう》に入った。そして己《おのれ》は一切政《まつりごと》に口を挟まず、皇帝の伴侶としてひっそりと暮らした——ことになっている。

真実を知る者は、少ない。

青嘉が尚宇から聞いたところによれば、雪媛は表向きは専制を敷いたが、後宮に入れば密《ひそ》かに夫である江良に意見を求め、何事も彼と相談しながら政務に当たっていたという。現在の雪華国の礎《いしずえ》を築いたのは初代皇帝である雪媛ということになっているが、実際には彼女と江良、二人で築いた国なのだ。

江良は徹底して己の親族を要職に就《つ》けることを許さず、また、自身が朝廷の重臣たちと交流することも絶った。旧知の仲である尚宇や飛蓮《ひれん》ですら、江良が後宮へ入って以後、彼と言葉を交わすことはほとんどなかったという。

そうまでしたのは、皇帝としての雪媛の権威が揺らぐことを警戒した、彼の配慮であった。

そして何より、自《みずか》らが雪媛にとっての脅威《きょうい》となる存在になりえぬよう、己で己の力を封じたのだ。

唯一《ゆいいつ》彼が政《まつりごと》の場に姿を見せたのは、雪媛が妊娠中のわずかな期間であった。体調が優れない彼女に代わり朝議《ちょうぎ》に顔を出し、雪媛に諮《はか》った上で裁可を下した。生涯で三度の妊娠、出産を経験した雪媛であったが、お陰で皇帝不在により政務が滞《とどこお》ることもなく、雀熙《じゃくき》たち臣下もこれをよく支えた。雪媛の生んだ末の公主《こうしゅ》はクルムへと嫁《とつ》いでおり、二国は今も強固な同盟関係を保持している。

雪媛が亡くなって後《のち》も、江良は帝位に就いた年若い息子を陰ながら支えていたが、今は完全に隠居状態だ。そんな彼が、こうして出歩いているのは珍しいことだった。

「陛下のところへ行くのか？」

「はい。ですがどうも久しぶりの皇宮は、見慣れぬ道が多く……」

「お前が以前来た時から、どこも変わってはおらぬ」

愉快そうにひとしきり笑って、江良は肩を揺らす。

「相変わらずの方向音痴だな」

「いいえ、決して私は方向音痴ではありません」

「この歳になってもまだ言うのか」

「この歳だからこそです。恐らく、歳のせいで記憶があいまいになっているのでございましょう。このところ、身体のあちこちに不具合が。目も悪くなってまいりました故《ゆえ》」

「己が老いたことは認めるのに、それだけは認めぬのだな……」

呆《あき》れたように江良が肩を竦《すく》める。

「それで、今日はなんの用だ？　皇宮にとんと寄りつかなかったお前が」

「陛下に謁見《えっけん》を。王家の家督《かとく》を譲り、隠居したいと考えておりますので、そのお許しを得に参りました」

「そうか……」

青嘉は生涯、妻を持たなかった。

一方、甥《おい》の志宝《しほう》は科挙《かきょ》に合格して官吏となり、現在は要職に就いている。妻帯し、子もできた。青嘉は彼の息子のうち一人を養子とし、後継ぎとするつもりであった。

「ついに、王青嘉が剣を置くか」

感慨《かんがい》深そうに江良は呟《つぶや》く。

「聖大帝様《せいたいてい》がご存命であれば、何と申されたかな」

聖大帝とは、初代皇帝柳雪媛の諡号《しごう》である。

「しかし、陛下は今、お忙しいぞ」

「何かあったのですか」

「知らずに来たのか？　今日は、進士《しんし》たちが陛下に謁を賜《たま》わる日だ」

それは科挙の行われた年の恒例行事で、今年の科挙合格者たちが大慶殿《だいけいでん》の前に集められ、皇帝の御前《ごぜん》で状元《じょうげん》以下すべての者の名が読み上げられる。さらにその場で、任官の辞令も下されるのだ。

それは日を改めたほうがよさそうだ、と青嘉は苦笑する。

「どうにも、皇宮内の動きに疎《うと》くなっておりまして」

「今年の合格者は、特に優秀な者が多いそうだ。頼もしいことだな。しかも状元がな、大層話題だ。それで、私も一目その顔を拝《おが》みに、久方ぶりにこうして表へと出てきたというわけだ」

状元とは、首席合格者のことである。

「もしや、永祥殿《えいしょう》の最年少記録が塗り替えられましたか？」

江良は頷《うなず》いた。

「十六歳だそうだ。だが、此度《こたび》はそれだけではないぞ」

「といいますと？」

「女子《おなご》だ。十六の娘が、状元となった」

さすがに青嘉も驚いた。

雪媛が皇帝となって以降、男女の区別なく科挙を受験できるよう規定が改められている。しかし合格者に占める婦女の割合は、いまだに一割にも満たないのが現状だ。これまで科挙に合格した数少ない者たちも、縁付くと同時に辞《や》めてしまい長く続かないことが多く、配属先から倦厭《けんえん》されがちでもあった。あえて官吏になろうという女性は、今日《こんにち》に至っても多くはない。

「十六の娘、ですか。どこの家のご令嬢です？」

「それがな、小さな茶屋の娘だそうだ」

青嘉は呆気《あっけ》にとられた。

これまで女の身で合格した者はすべて、それなりの名家の出身ばかりであった。科挙に挑めるほどの時間と金銭面でのゆとりを有するのは、結局そうした階層の女性に限られるからだ。

江良は愉快そうに笑う。

「何か不正があったのではないかと、散々揉《も》めたらしい。が、何ら疑わしき証拠は見つからなかった。これはとんでもない才女が現れたものだと、もっぱらの噂だ」

「それは……聖大帝様がその娘を前にしたら、さぞ喜ばれたでしょうね」

「そうだろうな。しかもその娘、尹族《いん》だそうだ。陛下も、さすがは尹族の女である、と喜んでいらっしゃった」

「尹族……」

尹族の女は、美人で賢い。今ではそれが通説となっている。

もちろん、二代に渡り皇帝に寵愛《ちょうあい》されたほどの美貌を備え、名君として国を安んじた雪媛が尹族出身であったから、そんな話が流布《るふ》されるようになったのだ。

「今、こっそりと合格者の顔を覗《のぞ》いてきたところだ。若い娘は一人だけであったから、すぐにわかった。大層美しい娘でな。名を確か……」

記憶を探るように、江良は白い顎髭《あごひげ》を摩《さす》る。

「玉瑛《ぎょくえい》……花《か》玉瑛、といったか」

「──え？」

青嘉は息を呑んだ。

「尹族の……玉瑛、というのですか。その娘は？」

「そのような名であったはずだ。まこと、見目《みめ》麗《うるわ》しい才女であった。そのせいか、殿試《でんし》で陛下のお心を射止めて状元となったのでは、と陰口を叩く者までいるようだ。何しろ陛下と科挙には、因縁《いんねん》がおありだからな」

現皇帝の獅燈は皇太子時代、科挙合格者の中にいた、とある美女に一目《ひとめ》惚《ぼ》れし、熱烈に求婚して妻とした経緯《いきさつ》があった。現在皇后《こうごう》となっているその美女というのが、飛蓮と眉娘《びじょう》の娘であり、史上初の女性合格者でもあった司《し》桜綾《おうりょう》である。

「女であるというだけで、この手の噂はどうしても出てくるものだ、残念なことに。それで、その美しき状元を一目見ようと、今日は皇宮中の男がそわそわとしている」

（玉瑛──尹族の、玉瑛）

った。

「あの、太皇様。私はこれで失礼いたします」

青嘉は慌ただしく江良に別れを告げると、足早に科挙合格者たちが集《つど》う大慶殿へと向かった。

（よくある名だ――よくある――）

そう思いながらも気は逸《はや》り、平静ではいられなかった。

一度だけ出会った、あの少女。

血を流し、事切れる様を看取《みと》ることしかできなかった、もう一人の雪媛。

（いや、あれこそが、彼女の真の姿だ）

大慶殿の周囲には、人だかりができていた。皆、噂の状元を見に来たに違いない。

しかし当然、参列を許されているのは一部の高官までであり、野次馬たちは中へと入ることはできない。物見高い人々は門の陰から中を垣間《かいま》見たり、高楼の上から覗き見ようとしていた。

「大叔父上《おおおじうえ》？」

背後から声をかけられ、振り返る。

「――豪藍《ごうらん》か」

志宝の末の息子である豪藍が、驚いた様子で近づいてくる。十七歳となった彼は最近、仙騎軍《せんきぐん》に入ったばかりである。

豪藍は志宝の五人いる息子の中で、最もその資質が王青嘉に似ていると言われていた。それは青嘉から見ても頷《うなず》けるもので、顔立ちといい、生真面目《きまじめ》な気性《きしょう》から剣の筋まで、まるで昔の自分を見ているようで、時折不思議な気分になる。

「何故、大叔父上がここに？」

そう尋《たず》ねる豪藍の横で、青い目をした青年がぱっと表情を輝かせた。

「王将軍！　ご無沙汰《ぶさた》しております！」

憧憬《しょうけい》の眼差《まなざ》しを青嘉に向ける彼は、穆虔隗《ぼくけんかい》という。

青嘉と並んで雪華国の双璧と称された大将軍穆潼雲《どううん》を祖父に持つ穆家の御曹司《おんぞうし》で、歳は豪藍と同じく十七だ。祖母であるナスリーン譲りの瞳を持つ彼は、豪藍の幼馴染みであり、ともに仙騎軍へと入っている。

「虔隗、久しいな。お前たちこそ、ここで何をしている」

「噂の美女を見に来たんですよ。な、豪藍」

うきうきした様子の虔隗とは対照的に、豪藍はしかめ面《つら》でため息をついた。

「俺はお前に無理やり連れてこられただけだ」

豪藍はこの年頃に珍しく色事にまったく興味を示さない性質で、そんなところまで昔の自分そっくりであった。

「そう言うなよ。ご存じですか、将軍。今年の状元は尹族美人だそうで」

「まぁ、噂というのは大袈裟《おおげさ》に広まるものですから、想像の九割減くらいに見ておいたほうがいいのでしょうが。王将軍はもしかして、式典に参列されるためにいらっしゃったのですか？」

虔隗は期待に輝く瞳で青嘉に尋ねた。もしそうであれば、同行してもよいか、と言いたいのだろう。

違う、と言いかけて青嘉は思案《しあん》した。堂々と参列してしまえば、状元の姿も確実に目にすることができる。呼ばれたわけではなかったが、仮にも彼は将軍である。端のほうで眺めるくらい、咎《とが》められはしないだろう。

「ついてきてもよいが、おとなしくしていろよ」

「はいっ！」

「虔隗、お前そんな……」

「ほら豪藍、行くぞ！」

豪藍は虔隗に引っ張られながら、青嘉に続く。

すると、ちょうど見知った顔があったので、青嘉はこれ幸いと声をかけた。

「尤《ゆう》将軍」

兵士たちに指示を出していた仙騎軍大将軍尤天祐《てんゆう》は、青嘉を見て「おや」と声を上げた。

「そうらしいな」

皇帝がお出ましになるにあたり、警護の手配りを入念に確認しているところらしい。

「珍しい方がいらっしゃいますね」

「すまぬが、見学させていただいてよろしいか」

「構いませんが……」

そう言って天祐は、青嘉の後ろについてきた二人をもの言いたげに見つめた。仙騎軍に入ったばかりの豪藍と虔隗は、彼の部下にあたる。こんなところで何をしているのか、と言いたげである。

二人もまた、大将軍を前に慌てて背筋を伸ばした。

天祐は五国一の弓使いの異名を持つ尤瑯《ろう》将軍の息子であり、豪藍の父志宝の竹馬《ちくば》の友でもある。王家、穆家、尤家は交流が深く、幼い頃からよく知る相手ではあるが、現在は彼らの上官である。仕事もせず油を売っていると咎められればただでは済まない、と恐れているのだ。

青嘉は苦笑した。

「この二人には、道案内を頼んだのだ。しばし借りてよいか」

道案内と聞いて天祐は納得したように、そして二人に若干《じゃっかん》の同情をこめて「ああ……」と呟いた。

「構いません。――二人とも、王将軍をきちんと最後までお見送りするのだぞ」

「はっ、承知いたしました！」

「いいか、最後まで、だぞ。皇宮を出るところまで、しっかり見届けるんだ。なんだったらもう、ご自宅へ帰り着くまでしっかりと――」

「尤将軍、門までで十分だ」

天祐はひどく心配そうに眉を下げた。

「しかしですね、天下の王将軍が道に迷って右往左往《うおうさおう》する姿を、あまり若い兵士たちに見せたくないのです。すみませんが、我が国の威信に関わることですから」

「一人で帰れる、大丈夫だ」

天祐は若干疑わしげな目を向けてきたが、それ以上は何も言わず、それでは、と持ち場に戻っていく。

その時、前庭を覆い尽くすような、大きな銅鑼《どら》の音が響き渡った。

殿内から、皇帝が姿を見せたのだ。

居並ぶ進士たちは皆一斉に膝《ひざ》をつき、皇帝に向かって頭《こうべ》を垂れた。

青嘉は玉瑛という名の少女の姿を探した。

状元ならば、最前列にいるはずだ。

礼部官《れいぶかん》が、よく響く声で合格者たちの名を読み上げ始める。

もちろんそれは成績順であり、第一位の人物の名から始まった。

「第一位及第《きゆうだい》者。――状元、花玉瑛」

「はい！」

物怖《ものお》じしない返事が響いた。

顔を上げ、さっと立ち上がった彼女を目にした人々は、思わずほうっとため息をついた。

花玉瑛は、噂にたがわぬ美少女であった。

少し緊張気味の頰は桃色、きらきらと輝く黒い瞳、綺麗に通った鼻筋、花弁のように甘やかな唇――。

「――本当に、美人だ」

虔傀が呆《ほう》けたように、小さく囁《ささや》くのが聞こえた。

青嘉もまた、その少女の姿に引き寄せられるように、呆然と立ち尽くしていた。

（玉瑛――）

あの夜、月明かりの下で出会い、命を奪ってしまった少女。

そこにいるのは確かに、彼女だった。

だが、その印象はまるで異なる。

健康的な頰の丸み、自信に溢《あふ》れた表情、糊《のり》の利《き》いた真新しい衣《ころも》。

彼女はもう、我が身の不幸を嘆《なげ》き弄《もてあそ》ばれるだけの奴婢《ぬひ》ではない。確かな誇りを胸に抱いた、立派な一人の進士であった。

すべての合格者の名が読み上げられると、獅燈は満足そうに口を開いた。

「女子《おなご》の状元とは、頼もしいことだ。どうか今後は、皇太子をよく支えてほしい」

獅燈の傍《そば》には、一人の少女が控えている。

獅燈の娘、春曦《しゅんぎ》である。

彼女はすでに立太子《りったいし》された、正式なこの国の皇太子であった。つまり、雪華国の次の皇帝は、雪媛以来の女帝となる予定なのだ。

女である彼女を皇太子とすることには、反対意見もあった。神女であった雪媛はあくまで別格であり、今後は男の皇帝を立てるべきだとする意見が多かったのだ。それでも獅燈は、春曦が君主として相応《ふさわ》しい器《うつわ》であると考え、皇太子として立てた。

利発な春曦は、どこか雪媛に似た面差《おもざ》しにおもしろがるような笑みを浮かべながら、玉瑛を品定めするかの如《ごと》く眺めていた。

突然春曦が、「陛下」と声を上げる。

「わたくしからその者に、質問してもよろしゅうございますか？」

「質問？」

「いずれわたくしに仕《つか》えることになるのでしょう？　だったら、それに相応《ふさわ》しいかどうか確かめなくては」

獅燈はやれやれ、と肩を竦《すく》めてみせる。

「いいだろう」

「ありがとうございます」

春曦はにっこりと微笑んだ。

「花玉瑛。そなたに尋ねる。――国とは何か？　考えを述べてみよ」

突然のことに、ほかの進士たちは皆顔を見合わせて密やかに騒《ざわ》めいた。

名指しされた玉瑛は、その顔をひどく強張《こわば》らせていた。すでに殿試《でんし》も終えたこの場で、このような問答が行われるとは思ってもみなかっただろう。

今思いついた、というように、春曦は前列に並ぶ若者たちに声をかける。

「せっかくだから、ほかの者の意見も聞きたい。榜眼《ぼうがん》（二位）と探花《たんか》（三位）から、先に考えを述べるがよい」

ではまず探花から、と促《うなが》す。

唐突に指名された三位の青年は、いくらか緊張した面持ちで「はい」と声を上げた。突然のことに驚いているに違いなかったが、それでも慌てふためくこともないのは、さすが上位及第者である。

青嘉は、その顔に見覚えがあった。柳雪媛を支えた名宰相、大雀《たいじゃく》こと薛雀熙《せつじゃくき》の孫、薛公《こう》望《ぼう》である。

二十五歳になる公望は、落ち着いた口調で答えた。

「お答えいたします。――国とは、民《たみ》にございます。民がおらねば立ち行きませぬ。どれほど広い領土を持とうと、どれほど豊かな畑を持とうと、そこに民がおらねば立ち行きませぬ。民がおりますればこそ、それを束《たば》ねる統治者が必要となるのです。君主とは、民のためにあり、民によって生かされるものでございます」

その回答に、春曦は頷いた。

「なるほど、大雀の孫らしい答えだ。かの者は何より、民を第一と考えていたと聞く。――では次に、榜眼に聞こう」

「はい、殿下」

そう答えたのは、玉瑛の隣に座る少年である。

葉《よう》永祥の孫にあたる、葉俊彬《しゅんぴん》だ。彼は祖父が及第した時と同じ、十七歳になる。

永祥は雪媛との約束通り西域《せいいき》で学んだ後に妻子とともに帰国し、要職を歴任した名臣である。葉家の子弟はいずれも秀才揃《ぞろ》いで、今年の状元は俊彬であろうというのがもっぱらの前評判であった。ところが状元の座も、そして最年少記録も、すべて玉瑛に持っていかれてしまったのだ。

しかし俊彬はそんなことに頓着《とんじゃく》する様子もなく、淡々と自説を述べた。

「国とは、合意と契約によって形成される概念《がいねん》であり、実体を伴いません。生存し生き延びるという共通目的により、人々が君主へ権利の譲渡を行うことで成立します。実体がないため、これは非常に儚《はかな》いもの。聖大帝様が国号を改めた瞬間、そこにあるものはなんら変化せずとも、瑞燕国は滅びました。しかし変わらぬものが、そこに残ったのです」

周囲では皆、ひそひそと不安そうに囁き合っている。

皇帝の眼前で、その権威を否定するような意見を披露《ひろう》するなど何事か、という視線が俊彬に集中する。

春曦はくすりと笑う。

「おもしろい意見だわ。――では、最後に状元の答えを」

ついに順番が回ってきた。

玉瑛は大きく深呼吸すると、春曦を真っ直ぐに見上げた。

「お答えいたします、皇太子殿下。わたくしが思いますに、国とは……過去であり、現在であり、未来、そのすべてを負う器であり、守る鎧でございます」

その声は、徐々に聞き覚えのある声に重なっていく。

雪媛の、声だ。

「聖大帝様は、わたくしのような庶民《しょみん》の女が、こうして陛下や殿下の御前にて意見を述べるという国を――未来を、お創《つく》りになりました。わたくしにとってここが、唯一無二の世界であり、我が国でございます。この国のさらなる未来を築く一助となりたく、わたくしはこの場へとやってまいりました」

彼女の言葉を聞きながら、春曦は紅を引いた唇に優雅な弧《こ》を描いた。

玉瑛の瞳は、生き生きと輝いている。

希望と意欲に満ち溢れたその姿は、かつての玉瑛とは似ても似つかない。

そして、雪媛ともまるで違っている。

翳《かげ》りのない、ひたむきで健《すこ》やかなその姿に、青嘉は安堵を覚えた。

(――もう、大丈夫だ)

天を仰《あお》ぐ。突き抜けるような、どこまでも続く大空の彼方《かなた》を。

(見ておられますか、雪媛様)

彼女の求めていたもの。彼女が何より、欲《ほっ》した未来。

(ここにあります――あなたがもたらした、未来が)

ふと、豪藍の横顔が目に入った。

魅入られたように玉瑛を見つめるその目には、これまで見たことのない熱が籠《こ》もっている。虔隗に話しかけられても上の空で、生返事するばかりだった。

青嘉は思わず苦笑する。どうやら、若者たちによる新たな物語が動き始めたようだった。

己に似ているとはいえ、その結末までが似てしまわないことを、青嘉は願わずにはいられなかった。

進士たちの拝謁の儀を見届けると、青嘉は豪藍たちと別れ、帰途につこうと来た道を引き返した。

江良はああ言っていたが、やはり皇宮内の配置は変わってしまったのではないだろうか。朱雀門を目指しながら、幾度目か同じ曲がり角に差しかかって、そう考え込んだ。南に進めばいずれ辿り着くはずなのに、一体これはどうしたことだろう。

もう一度引き返してみよう、と踵《きびす》を返す。

「──きゃっ！」

角から出てきた小柄《こがら》な影にぶつかってしまい、青嘉は慌てて腕を伸ばした。たたらを踏んで倒れかけた相手を支えてやり、「すまない」と声をかける。

「大丈夫か？」

言いながら、青嘉はぎくりとした。

平気です、と答えるその少女は、先ほど状元として皇帝の前で堂々たる姿を披露していた、花玉瑛であった。

「すみません、私の注意不足で──」

言いかけた玉瑛は、はたと口を噤《つぐ》んだ。

青嘉の顔を見上げ、まじまじと注視する。

その目の動きが、彼の頰に刻まれた傷の上で止まったのがわかった。

するると玉瑛は、ぱくぱくと口を開けたり閉じたりした。そして、信じがたいというように瞬《まばた》きを繰り返す。

「あ、あ、あの……あの……もしや……もしや、王青嘉将軍……で、いらっしゃいますか？」

「……そうだが」

「……………！」

玉瑛が仰《の》け反《ぞ》ってふらりとよろめいたので、青嘉は再度慌ててその身体を支えた。見る見るうちに少女の顔は李《すもも》のように真っ赤に染まり、両手でそれを隠すように頬を挟み込む。

「ほ、本物……」

「どうした、大丈夫か？」

はっとしたように、玉瑛は背筋を伸ばして後退《あとじさ》った。

「あ、あわわ、わ、し、失礼いたしました！　あの、私、将軍のっ……将軍の評伝を読むのが大好きで……っ、そのっ、ずっと、憧れて、いて……っ」

しどろもどろになりながら、きらきらした瞳で青嘉を見上げる少女は、どうしようどうしよう、と独り言《ひとりご》ちながら小さく跳び上がったりしている。

「あのっ、あのっ、お会いできて光栄です、王将軍！　――ああ！　私ったら名乗りもせずっ……！　申し訳ございません！」

ぱん！　と勢いよく音を立てて拱手礼《きょうしゅれい》を取る。

「花玉瑛と申します！　聖大帝様と王将軍が築かれたこの国にて、新たに官吏として出仕することとなりました！」

その姿は、日の光に照り映《は》えて、淡く輝きを放っているように思われた。

それは懐かしい感覚だった。雪媛の姿を見つめる時、いつも彼女に、光を見出《みいだ》していた。

その光の方角へ進めば、正しい道を歩めると思えた。

自然と、青嘉の口元には笑みが浮かんだ。

「今年の、状元でいらしたな」

「！　は、はい」

「先ほど、陛下に謁見されているのをお見かけした。堂々とした振る舞いに、感服いたしましたぞ」

「…………！」

玉瑛はさらに顔を真っ赤にした。

「きょ、恐悦至極《きょうえつしごく》にございます、将軍！」

狼狽《うろた》えながらも、嬉しそうにはにかむ。

間近にした玉瑛は、最前皇帝の前で畏《かしこ》まっていた姿と、印象が随分と異なった。年相応の少女――そんな雰囲気である。

「玉瑛殿」

「はい」

「――今、お幸せか？」

一瞬、玉瑛はその唐突な問いに不思議そうな表情を浮かべた。

しかしやがて、花が綻《ほころ》ぶように微笑んだ。

「はい！」

迷いのない答えだった。

「そうか……」

青嘉の顔にも、自然と笑みが浮かぶ。

「……そうか……」

視界が、ゆらりと歪《ゆが》んだ。

「あの、王将軍……？」

驚いたように、玉瑛が声を上げる。

「どうなさいました？」

そう言われてようやく、青嘉は己が涙を流していることに気づいた。

頬から滴《したた》り落ちる雫《しずく》を見下ろし、掌《てのひら》で受け止める。

玉瑛が、心配そうにこちらを覗き込んだ。

「将軍？」

青嘉は俯《うつむ》き、涙を拭《ぬぐ》った。

「いや……歳を取ると、どうもいかんな」

そう言って誤魔化し、顔を上げて微笑む。

「お恥ずかしいところを、お見せした」

「いいえ、そんなことは」

「玉瑛殿は、これからどちらへ行かれるのだ」

「あ、あの、家に帰るところでございます。今日は父と母が、私のために祝いの準備をしてくれておりますので」

「そうか。実は私も今から帰るのだが、久方ぶりの皇宮はどうも勝手がわからず、困っていたところなのだ。不躾《ぶしつけ》で申し訳ないが、朱雀門がどちらか、おわかりかな？」

「は、はい！　今から私もそちらへ向かおうと」

「お邪魔でなければ、ご一緒してもよろしいか」

「！　ももも、もちろんでございます！」

玉瑛はあわあわしながらも、隠しきれない喜びに目を輝かせた。

彼女は朱雀門までの道のりを緊張気味に歩きながら、自分がどれほど王青嘉将軍に会いたいと切望していたか熱く語った。

「特に、彭廸《ほうてき》将軍との逸話が大好きで……！　あの一騎打ちのくだりなど、何度も何度も読み返しました！」

青嘉は、懐かしく思い返す。

彭廸との正面切っての戦は、今も忘れられない思い出だ。

彭廸は青嘉との一騎打ちの末、戦場で散った。武人として、見事な最期《さいご》であった。

「あの、将軍。聖大帝様は、どのようなお方でいらっしゃいましたか？　陳《ちん》眉娘様が描いた絵姿は見たことがあるのですが、本当にあのように神々《こうごう》しく美しい方だったのでしょうか？」

皇帝である雪媛の絵を描くことが許されたのは、この国初の女絵師となった眉娘のみであった。よって現在、人々が雪媛を祀《まつ》る祠堂《しどう》で目にするのは、彼女の筆による雪媛の姿だ。威厳に満ちたその姿は、優しさと慈愛を湛《たた》え、いまだ人々の崇敬《すうけい》を集めている。

「そうだな……。大層、厄介《やっかい》なお方であったな」

「ええ？」

玉瑛は目を丸くする。

「人を試すような真似をよくなさるし、大事なことは何も話さず勝手に決めるし、自分に関しては妙に無頓着で——」

その不敬な言いように、玉瑛は誰かに聞かれてはいまいかと心配そうに周囲を見回した。

雪媛は今や、神にも等しく扱われる存在なのだ。

「ひどく自分勝手な方であった。自分勝手で……そして誰より優しく、強く、輝くほど美しいお方であった」

愛《いと》おしそうな笑みを浮かべて語る青嘉を、玉瑛はもの言いたげに見つめた。

「――ああ、ようやく着いたか」

朱雀門の姿が見えてくると、青嘉はほっと息をつく。

見張りの兵士たちが、彼に気づいて緊張の面持ちで直立する。それを横目に、二人は門を通り抜けた。

「玉瑛！」

門の外で、壮年の男女が並んで手を振っているのが見えた。

玉瑛が、ぱっと表情を緩《ゆる》ませる。

「父さん、母さん！」

二人に手を振り返すと、玉瑛は青嘉に向かってぺこりと頭を下げた。

「王将軍、貴重なお話をありがとうございました。両親が迎えに来ておりますので、私はここで」

「そうか。――お会いできてよかった、玉瑛殿。存分に励まれよ」

「はい!」

もう一度頭を下げると、彼女は風に舞う花びらのように軽やかに両親のもとへと駆けていく。

「もう、わざわざ迎えに来なくていいって言ったのに」

「どうだった、陛下の前で何かしくじったりしなかっただろうね?」

「大丈夫よ。母さんたら心配症なんだから」

「当たり前だろ。うちみたいな家の娘が、状元だなんて……粗相《そそう》があったらいけないもの」

「玉瑛なら大丈夫だ。さぁ帰ろう。夕食は、母さんがお前の好きなものばかり用意したんだぞ」

「玉瑛、変な男に言い寄られたりしなかった? 科挙の合格者は男ばかりでしょう。女は嫌がらせを受けたり、妾《めかけ》にされそうになるって噂だもの。おかしなことされたら、すぐに言うんだよ。父さんに怒鳴り込みに行ってもらうからね」

「ああ、大事なうちの一人娘だ。たとえ相手がどんな名家の御曹司だろうが、変な真似をしたら父さんが許さないからな」

玉瑛の鈴を転がすような笑い声が、風に乗って流れてきた。

母と父の間で両腕を二人に絡めながら、少女は嬉しそうに歩いていく。

青嘉は門の前に佇んだまま、彼らの仲睦《むつ》まじい後ろ姿を見送った。
幸せそうな家族は肩を並べ、やがて通りの角の向こうへと姿を消していった。

番外編

蒼玉を想う

クルムのカガンであるシディヴァが、皇帝となった柳雪媛《りゅうせつえん》を訪問したのは、この国に女帝が誕生して四年後のことであった。

すでに国号は、瑞燕国《ずいえんこく》から雪華国《せっかこく》へと改められている。この希代《きたい》の女王を迎えるにあたり、外交の任も司《つかさど》る礼部《れいぶ》は上へ下への大騒ぎであった。

異なる国の君主同士が直接顔を合わせることなど、通常あり得ないことである。国交のある国、あるいは主従関係にある国であっても、互いに使者のやりとりで済ませるのが一般的だ。対面することがあるとすれば、それはどちらかが一方を征服し、勝者と敗者として相対《あいたい》する場合くらいだった。

だが、同盟を結んだこの二つの国の君主は、この年あくまで対等な立場として、五年ぶりの再会を果たそうとしていた。

船でやってきたシディヴァを出迎えるため、皇帝の命《めい》を受けて港へと遣《つか》わされたのは、穆潼雲《ぼくどううん》であった。

「お久しぶりにございます、シディヴァ様。雪華国将軍、穆潼雲でございます。都までの道中の案内と、警護を務めさせていただきます」

船を降りた草原の女王は、出迎えに現れた彼を面白そうに見返した。かつては短かった彼女の髪は長く伸び、それをひとつに編んで垂らしている。それはシディヴァを、以前よりもはるかに女らしく見せていた。

「ご苦労、穆将軍。しばらく会わぬうちに、随分《ずいぶん》とご立派になられた」

「ありがたきお言葉にございます」

二人が顔を合わせるのは、即位前の雪媛がクルムを離れて以来である。一介の武人でしかなかった潼雲も、今では将軍として武名を馳《は》せていた。五年前にはなかった貫禄《かんろく》のようなものが備わり、以前よりも落ち着いた風情《ふぜい》の青年は隙《すき》がないように見えた。

潼雲はシディヴァの傍《かたわ》らに佇《たたず》む女性に、ちらりと視線を向けた。

「ナスリーン様も、お久しぶりでございます」

シディヴァに隠れるように身を縮めていたナスリーンは、そう声をかけられるとぎくりとした。

「……ひ、久しぶりね」

何か言いたげなナスリーンだったが、潼雲はそれきり彼女に注意を払う様子はなかった。

その態度に、ナスリーンは戸惑《とまど》う。

(え、何よ、それだけ？　五年ぶりに会って、それだけ？)

シディヴァ一行を先導する潼雲の背中を見つめながら、ナスリーンはぽかんとした。

「お前の髪を、ひと房《ふさ》くれないか」

あの時、別れ際《ぎわ》に潼雲はそう言った。

最初、一体何を言っているのかと不可解に思ったナスリーンだったが、やがてその意味に思い至るとひどく動揺した。潼雲がクルムに滞在していた間、そんな素振りはまったくなかったはずだった。だから去り際の突然の出来事に混乱し、ただ無言で髪を手渡すことしかできなかった。

そもそも彼女は、潼雲に対してなんら特別な感情を抱いていたつもりはない。ただ、思い返せばクルム滞在中はよく一緒に過ごしていたし、その時間は思いのほか楽しいものだったな、などと考え、潼雲が去った後になって妙にどぎまぎとし始めた。

雪媛一行を見送ってしばらくすると、瑞燕国の情勢が聞こえていた。内乱を鎮《しず》め、雪媛が摂政《せっしょう》となったこと。やがて彼女が、皇帝として即位したこと。そして――潼雲は無事であるらしいこと。

彼の国の噂が届く度《たび》、ナスリーンの心は波立った。使者が来たと聞けばそわそわしてしまう。シディヴァにそれとなく、潼雲に関する話はないのかと探りを入れては、気になるのかとからかわれ、違う、とむきになって答えた。

そんなある時、ナスリーン宛に贈り物が届けられた。

「穆将軍からでございます」

漆塗《うるしぬ》りの箱を掲《かか》げ持って訪ねてきたのは、雪華国からやってきた商人だった。大商人金《きん》孟《もう》の使いでクルムを訪れた東睿《とうえい》という青年が、潼雲から預かってきたのだと言って、恭《うやうや》しくその箱を差し出した。

蓋《ふた》を開くと、冷たく輝く蒼玉《そうぎょく》の耳飾りが並んでいた。

早速鏡の前でそれを身につけたナスリーンは、途端に頬を染めた。

贈り物には、書状はついていなかった。気の利《き》いた恋文《こいぶみ》も、なにもない。

しかしその耳飾りを見れば、彼女の瞳の色を想って選んでくれたことが、ありありと感じ取れるのだった。

正直なところ、あの別れの場面での出来事だけでは彼の気持ちを量りかねていたナスリーンは、ここに至ってようやく確信を得たのだ。

以来、いつ彼が自分を迎えにやってくるつもりなのかと落ち着かない日々が続いた。そもそも、もし求婚されたとして、自分はどうするのか。

シディヴァへの崇敬《すうけい》と愛情は変わらなかった。しかし、ユスフとの間に子も生まれたシディヴァの姿を見守りながら、いずれは自分もそんなふうに誰かの妻になり子を産むのだろうという現実にも、向き合うようになっていた。

ところがそれきり、潼雲からの連絡はぱたりと途絶えた。

聞くところでは、彼は各地を飛び回り、戦《いくさ》に明け暮れているのだという。

結局この五年の間、潼雲が再びクルムに現れることはなかった。

耳飾りを眺める度、もう忘れられたのだろうか、となんともいえない気分が押し寄せた。

これだけ気のありそうな素振りを見せてこちらを翻弄《ほんろう》しておきながら、一体どういうつもりなのだ、と腹も立った。

だから、こうして再会した潼雲がひどく他人行儀であるのを目《ま》の当たりにして、ナスリーンはひどく悶々としていた。

(だいたい、ナスリーン様ってなによ、様って！　よそよそしい！　散々呼び捨てにしてたじゃないの！)

まるで本当に、ナスリーンの髪を受け取ったことも耳飾りを贈ったことも、忘れてしまったかのようである。

あの耳飾りは、荷物の中に入れてある。

最初は、耳飾りをつけて再会するほうがいいのだろうかと迷った。しかし、それはなにやら意味深《いみしん》過ぎるし、なによりこの数年彼からなんの音沙汰《おとさた》もなかったことが、ナスリーンを躊躇《ためら》わせた。

そしてどうやら、その躊躇いは正しかったようだ。

(つまり、もう……なかったことになってるわけ？　ほんの一時の、気まぐれだったってこと？)

そう思うと、再びふつふつと怒りが込み上げてきた。

五年は長い。

十七歳だった彼女も、もう二十二歳だ。

その間、幾度か縁談も持ち上がっていた。

しかしナスリーンはそれらを、すべて断った。相変わらずシディヴァの妻だと名乗り、彼女以上の男でなければ嫌だ、と言いながら。

シディヴァは恐らく、そんなナスリーンの気持ちを見抜いていた。

突然、雪媛に会いに行くからついてこいと言いだしたのだ。

表向きは雪媛への表敬訪問を目的としていたが、実際にはナスリーンをここへ連れてくるための口実なのではないか、と彼女は疑っている。

潼雲はシディヴァのために馬車を用意していたが、彼女は船に乗せてきた己《おのれ》の馬に騎乗すると言って断った。草原の王者として、彼女は頑《かたく》なに馬車を使おうとはしないのだ。

「ナスリーンは馬車に乗っていけ」

シディヴァと離れたくなかったが、ナスリーンは渋々従った。一緒に乗せてほしいといったわがままは、最近ではもう言わない。本当は彼女と並んで馬を駆れたら一番いいのだが、ナスリーンはいまだに乗馬が苦手なのである。

用意された馬車に近づくと、傍に控えていた潼雲が手を差し出した。

「どうぞ、お摑まりください」

「……ありがとう」

彼の手に支えられ、踏み台に足をかける。

触れた手の大きさとぬくもりに、どぎまぎした。その横顔をちらりと盗み見たが、潼雲は取り澄ました顔でナスリーンから視線を逸《そ》らしている。彼女が中に乗り込むと、さっさとその場を離れていってしまった。

馬車に揺られながら、ナスリーンは一人、わなわなと震えた。

シディヴァ一行が案内されたのは、皇宮《こうぐう》内にある迎賓館《げいひんかん》であった。その入り口で二人を出迎えた雪媛の姿を目にした瞬間、ナスリーンは胸がいっぱいになった。

雪の中で死にかけていた、草原を馬で駆けていた、一緒に市場を歩いたあの雪媛が、今ではこの国の皇帝なのだ。立派な絹の衣《ころも》を纏《まと》い、美しく髪を結い上げて化粧を施《ほどこ》した様は華やかで美しく、ああこれこそ彼女にもっとも相応《ふさわ》しい装《よそお》いだと感じた。

同時に、それほどの地位についた彼女に昔のように接してもよいのか迷い、おいそれと抱きつくことができなかった。

「遠路はるばる、ようこそお越しくださいました、カガン」

「こちらこそ、お招きいただき感謝いたします、皇帝陛下」

二人はしかつめらしく挨拶《あいさつ》すると、やがて互いに共犯者のごとくふっと笑った。

「本当に久しぶりだ、シディ」

「雪に埋もれて死にかけていた女が、見違えたものだ、雪媛」

どちらも遠慮なく、昔のようにくだけた口調に戻っている。

「ナスリーンも、元気そうだ」

以前と変わらず親しげに微笑んだ彼女に、ナスリーンは遠慮など忘れてぱっと飛びついた。

「雪媛！」

雪媛は変わっていない。ずっと、彼女の大事な友だちだった。

「ああ、本当に久しぶり！　会いたかったわ！　噂はいろいろ聞いていたのよ、でもなんだかどんどんすごいことになっていくんだもの！　これは直接本人から聞かなくちゃってずっと思っていたんだから！　ね、今夜一緒に寝ましょうよ、それで夜通しお話を聞かせて！」

雪媛はくすくすと笑った。

「変わらないな、ナスリーン」

そう言われて、ナスリーンは少しだけ恥ずかしくなった。

おずおずと身体を離し、ぎこちなく居住まいを正す。一応これでももう、大人の女である。昔とまったく変わらないというのは、いかがなものだろう。

雪媛の隣に佇んでいた男性が、恭しく二人に挨拶した。

「ようこそおいでくださいました、シディヴァ様、ナスリーン様。朱江良《しゅこうりょう》と申します」

温和な微笑みを浮かべ、そう告げた江良を、ナスリーンはまじまじと見つめた。

雪媛が伴侶《はんりょ》を得た、という話はもちろん、クルムにも伝わっていた。

そしてその相手が、青嘉《せいか》ではないということも。

それを知った時、ナスリーンは愕然《がくぜん》としてしまった。あんなに仲睦《むつ》まじく、お似合いだった二人。その二人が破局したなど、そして雪媛が別の男を夫にしたなどとは信じられなかった。

(これが雪媛の……)

江良は穏やかそうな、理知的な面差《おもざ》しの人物だった。いかにも武人といった青嘉とはまったく違う雰囲気だ。何故雪媛はこの人を選んだのだろう、と不思議に思う。

シディヴァも同じように思ったのか、よくよく品定めするように江良を眺め、そしてにやりと笑った。

「お会いできて光栄だ、江良殿」

「こちらこそ、大変光栄です。その節は、陛下をお救いくださいましたこと、心より感謝申し上げます。貴国の兵には大いに助けられ、私自身も危ういところで命を救われました。この国が今あるのは、お二人のお陰と申しても過言ではありません。ご滞在中、精一杯のおもてなしをさせていただきたいと存じます。どうぞお寛《くつろ》ぎくださいませ。何かございましたら、なんなりとお申しつけを」

挨拶を済ませると、江良は「今宵《こよい》の宴《うたげ》の準備がありますので、私はこれで」と下がっていった。

その後ろ姿を見送って、シディヴァはぽきり、と指を鳴らしてみせた。

「今すぐ素手で首の骨を折れそうだ」

皇宮へ入るにあたり、武器の携行は許されていない。いくら賓客《ひんきゃく》といえども、シディヴァは剣を預けなくてはならなかった。しかし、武器などなくても殺せそうなほど弱そうだ――と言っているのである。

雪媛が苦笑する。

「シディ、私の夫だぞ」

「軟弱そうな男だ。剣もまともに振れないんじゃないか」

「まさしく、江良は昔から武芸一切が不得手《ふえて》だ」

「草原では生きていけそうにないな」

「そうだろうなぁ」

「あれが、お前が選んだ男か」

青嘉ではなく――と一言付け加えなかったのは、シディヴァなりの配慮だろう。

しかしそれは決して責める口調ではなく、ただ感想を漏《も》らした、という声音であった。

雪媛は少し複雑そうな笑みを浮かべ、「そうだ」とだけ答えた。

「……まぁ、何も失わずに得られる玉座《ぎょくざ》など、ないな」

シディヴァは独り言のように、そう呟《つぶや》いた。

「青嘉はどうしている?」

「今は国境の守りを固めるため出ているから、都にはいない。二人に会えなくて残念だと伝えてほしい、と言っていた」

青嘉について語る雪媛の口ぶりも淡々としていて、もはやそこに情はないかのようだった。

ひとつのユルタで暮らしていた、二人の姿を思い出す。

彼らが婚礼を挙げると決めた時、ナスリーンはとても嬉しかった。花嫁衣装を着た雪媛はさぞ綺麗だろうと思ったし、二人の間に生まれる子を、きっとこの手で抱いてあやす日が来るのだろうと想像したものだ。

けれど今、雪媛は別の男性を伴侶とし、青嘉はその傍にすらいない。

(あんなに想い合っていた二人も、年月が過ぎればこんなふうに、他人のようになってしまうんだわ……)

そう思うと、ずきりと胸が痛んだ。

自分など、潼雲と何の約束もしていない。

しかも、五年も会っていなかったのだ。もはやなかったことになるのは、必然ではないのか。

その潼雲は、二人をここへ案内して以来、黙って後方で控えている。

雪媛が潼雲に声をかけた。

「潼雲、ご苦労だった。周囲の警護を徹底するように。二人は私が案内するから、下がっていい」

「はい。失礼いたします」

去っていく潼雲の後ろ姿を見つめた。

あの時渡した髪など、もう捨ててしまっただろうか。そう考えながら、無意識に自分の金の髪に触れた。

その夜、ナスリーンは自分の荷物を整理しながら、あの耳飾りを取り出した。捨ててしまおうか、と何度も手にしたが、結局櫃《ひつ》の最奥《さいおう》へとしまい込んだ。


国賓をもてなす宴は、盛大に執《と》り行われた。雪華国の高官たちが勢揃いし、各地の海の幸山の幸が惜しげもなく並べられ、美しい舞姫たちが華麗に舞い踊る。

シディヴァとナスリーンは、雪媛と江良の隣に席が用意され、行き届いた歓待《かんたい》を受けた。

「この間、久しぶりに永祥《えいしょう》に会ったぞ」

シディヴァは酒に口をつけながら、思い出したように言った。

「今どこにいるんだ？　時折書状は届くが、毎回居場所が変わっている」

「さぁ？　キャラバンと一緒に移動しているらしい。西の最果ての国まで行ってくるつもりだと言っていたが」

「純霞《じゅんか》は、元気だった？」

「ああ。二人目が生まれたとは聞いていたが、三人目ももうすぐらしい。娘は随分大きくなっていたな。あの歳ですでに十カ国語を喋《しゃべ》っていたのには、面食らった」

「愛珍《あいちん》が？　さすが葉《よう》永祥の娘だ」

その横では江良がナスリーンの眼前に、見たこともない菓子の載《の》った皿を所狭しと並べていた。

「ナスリーン様は甘いものがお好きと伺《うかが》いましたので、我が国の菓子をいくつかご用意させていただきました。お口に合うとよいのですが」

溢《あふ》れんばかりの甘味《かんみ》の数々に、ナスリーンは目を輝かせている。

「えーっ、全部食べていいの？　わぁ、これ色がとっても綺麗ね！　あっ、これ、クルムのお菓子と似てるわ！」

「ほう、なんという菓子です？」

菓子談義に盛り上がる二人の様子に、雪媛はくすくすと笑った。

「江良も甘いものに目がなくて。二人はきっと気が合うと思ったんだ」

「あれを全部食べる気か？　見ているだけで胸やけしそうだ……」

酒を飲みながら、シディヴァは顔をしかめた。

そこへ、飛蓮《ひれん》とその妻が挨拶にやってきた。妻は眉娘《びじょう》と名乗り、ナスリーンを見るなり目を輝かせた。

「あの、よろしければご滞在中に、ナスリーン様の絵を描かせていただけないでしょうか？　その、私、絵師なんです」

「まぁ、私の絵を？　嬉しいわ、もちろん！」

「ああ、ありがとうございます！　なんて綺麗な金の髪……！　どんな顔料を使えば表現できるかしら。あのう、ちょっと触らせていただいても？」

その夢中な様子に、ナスリーンはどうぞ、とくすくす笑っている。

しかしシディヴァは、彼女がいつになく落ち着かない様子であることに気づいている。

時折、ちらちらと潼雲の姿を盗み見ているのだ。将軍の一人として宴席に加わっている潼雲は、隣席の高官と如才《じょさい》なく談笑している。

雪媛が扇《おうぎ》で口元を隠しながら、シディヴァに顔を寄せた。

「シディ、ナスリーンは潼雲と話せただろうか？」

「俺が見ていた限りでは、他人行儀な挨拶をして、お互いまともに顔を見ることすらしていないな」

シディヴァは潼雲をねめつけた。

「どういうことだ、雪媛。あの男、ナスリーンを口説いておいて、まさかすでに他の女と所帯を持ったというんじゃないだろうな？」

ばきばきと拳を鳴らすシディヴァに、雪媛は苦笑する。

「殺さないでくれ、シディ。うちの大事な将軍は、今のところ独り身だ」

「この間、ムンバトがナスリーンを妻にしたいと申し出てきた。あいつも今は千人隊長だ。俺は、あの二人を娶《めあわ》せてやってもいいと思っている」

「ムンバトが……そう。ナスリーンはなんて？」

「答えを待たせている。どういう選択をするにしろ、この旅でナスリーンが心を決めることを俺は望んでいる。が、潼雲の態度があれではな。まったく……」

「……私のせいなんだ」

雪媛がぽつりと言った。

「何？」

「多分、潼雲がナスリーンと距離を置いているのは……」

そこへ金孟と東睿が挨拶にやってきたので、雪媛は口を噤《つぐ》んだ。

幾度かクルムへ赴《おもむ》き商《あきな》いをしている彼らは、雪媛の後ろ盾《だて》を利用してシディヴァとも懇《こん》意《い》にしていた。

「シディヴァ様、ナスリーン様、いつもお世話になっております～！　お二人を雪華国にお迎えすることができ、恐悦至極《きょうえつしごく》にございます！」

金孟がにこにこと満面の笑みでにじり寄り、シディヴァの杯に酒を注ぐ。

「きゃあ、シディヴァ様ったら相変わらずお素敵～！　草原の中を駆け抜けるお姿も勇ましくていいけれど、煌《きら》びやかな宮殿での佇まいもたまらないわぁ～！」

「珍しいな、金孟。お前が女に対して、そんなふうに目を輝かせるとは」

雪媛が首を傾《かし》げると、やだぁ、と金孟は恥じらった。

「そんなの、シディヴァ様は特別よぉ～！　こんな凛々《りり》しいお方、殿方にもそうそういないんだからぁ！　ああ、できることなら、クルムの馬になりたい……！　シディヴァ様に鞭《むち》打《う》たれて疾走したい～！」

身もだえる金孟に、シディヴァはくつくつと笑う。変わった男だが、嫌いではなかった。そんな金孟にすっかり慣れた様子の東睿は、慎《つつし》み深い微笑みを浮かべて控えていた。シディヴァは彼に、親しげに声をかける。

「東睿、どうだ。そろそろ俺のもとへ来る気になったか？」

東睿は愛想よくにこりと笑ったが、申し訳ございません、と丁重に断った。

「シディ、聞き捨てならないな。東睿を引き抜く気か？」

「独立してクルムを基点に商いをしろと誘っているんだが、なかなか色よい返事がもらえぬ。何度か少しだけ弓や剣の手ほどきもしてやったが、驚くほど筋がよくてな。気に入った」

「私はまだ、金孟殿のもとで学びたいことがたくさんありますので」

「当たり前よ～、私がこの子を育てたんですからね！　いくらシディヴァ様でも、そう簡単にはお譲りできませんよ」

金孟はまんざらでもないように、頬をひくひくとさせていた。

シディヴァは笑いながら、手に取ろうとした杯をうっかり取り落とした。零《こぼ》れた酒が金孟の衣にばしゃりと跳ね、彼がわずかに悲鳴を上げる。

「きゃっ！」

「ああ――すまない」

「ああん、シディヴァ様に会うために用意した下ろしたての勝負服が～！」

よりによってそれは葡萄酒《ぶどうしゅ》であったので、金孟の薄桃の衣には紫の染《し》みがくっきりと広がってしまっていた。

「代わりの品を用意させよう。――とりあえずそれを脱げ、金孟」

「まぁっ、シディヴァ様ったら、もしかして私を脱がせたいがためにわざとお酒を……⁉」

乙女のように頬を染める金孟に、雪媛たちは一斉に笑い声を上げた。否定しないシディヴァが彼の帯をするすると解いてやったので、金孟はすっかり舞い上がって、周囲も腹を抱えて大笑いする。

その合間も、シディヴァはちらりと潼雲の様子を窺《うかが》っていた。

彼は密やかに、笑っているナスリーンの姿を目で追っている。

しかしシディヴァの視線に気がつくと、すぐに気まずそうに顔を背《そむ》けた。

宴の翌日は、大規模な狩りが予定されていた。

ナスリーンはもちろん狩りなどできないので、今日は都の見物に出かけると言ってシディヴァを見送った。

「また食べ歩くつもりか？　ほどほどにしろ。肥えるぞ」

「むっ、そ、そんなことないもん！」

「一人で行くなよ。護衛を連れていけ」

「大丈夫、東睿が案内してくれるの」

昨夜の宴の席で、ナスリーンは東睿から気になる話を聞いていた。今日は、それをこの目で確かめに行くつもりなのだ。

馬車を用意して迎えに来た東睿は、ナスリーンに「本当に行くんですか?」と若干《じゃっかん》気が進まない様子で尋《たず》ねた。

「もちろんよ」

「こそこそ探るような真似をするより、直《じか》に穆将軍と話し合われたほうがいいのでは」

「いいから！　早く出してちょうだい！」

勢いよく馬車に乗り込んだナスリーンに、東睿は肩を竦《すく》めた。

「まぁ、私が余計なことを言ったのがいけなかったのですが……」

彼から聞いた話は、こうである。

潼雲から耳飾りを預かりナスリーンへと送り届けた東睿は、その後もクルムへ行く機会がある度、彼に声をかけていたのだという。しかし、預かるものはないか、あるいは一緒に行かないかと尋ねても、潼雲は毎回気のない返事しかしない。そのうちナスリーンを迎えに行くものとばかり思っていたのに、これはどうしたことだろうと心配してくれていたらしい。

「もしかして……誰かいい人ができたのかしら」

宴の席でナスリーンが思わずそう呟くと、東睿は否定した。

「将軍となられて以降、縁談はいくつも舞い込んだようですが、すべて断っていらっしゃいました。いつも男ばかりでつるんで、かといって妓楼《ぎろう》に行く様子もありませんし……女っ気《け》は皆無です」

その答えにほっとしたのも束《つか》の間《ま》、東睿はぽろりと言ったのだ。

「たまに、独芙蓉《どくふよう》のところには顔を出しているようですけど」

独芙蓉。それは瑞燕国霊帝《れいてい》の側室で、雪媛とその寵《ちょう》を競い合った女だという。

今は都の片隅にある小さな別宮で暮らしており、かつて独家の使用人であった潼雲は、時折彼女を訪ねている――というのが東睿の弁であった。

「ここです」

昨夜のやりとりを思い出しているうちに、馬車は件《くだん》の別宮の門前に止まった。

ナスリーンは勇んで馬車を降りる。

「どうするつもりですか」

「その芙蓉って女を、この目で見たいの」

「……見るだけで済みます？」

東睿がこわごわ尋ねた時、門扉《もんぴ》が開いた。

中から姿を見せたのは、まさしく潼雲その人であった。

ナスリーンはぎくりとした。その背後に、彼を見送る人影が垣間《かいま》見えた。もしやあれが独芙蓉か、とナスリーンは目を凝《こ》らす。

――俺の好みは品のいい黒髪美人だ。

潼雲の言葉を思い出す。

芙蓉はまさに、その理想通りの人物であった。

艶《つや》やかな黒髪を持ち、所作《しょさ》には品が溢れ、その玲瓏《れいろう》たる容貌は皇帝の寵姫《ちょうき》だったというのも納得の美しさである。

ナスリーンは思わず後退《あとじさ》った。敗北感と焦燥《しょうそう》が、じわりと胸に込み上げてくる。

（この人が――）

すると、潼雲の腕にぶら下がるようにしがみついていた幼い少女が、笑顔で声を上げた。

「またね、お父様」

ナスリーンの顔が、引《ひ》き攣《つ》った。

（――お、と、う、さ、ま？）


潼雲が芙蓉のもとを訪れるようになったのは、瑞燕国最後の皇帝、暗寿《あんじゅ》がこの世を去ってしばらく経《た》った頃であった。

雪媛が即位して一年後、傀儡《かいらい》としてまつり上げられた幼帝は、病《やまい》で息を引き取った――ということになっている。

しかし潼雲は真相を知っていた。

愔寿は殺されたのだ。

潼雲が、殺した。

雪媛は愔寿を生かす方針を取っていたが、それを危ぶんだのが尚宇《しょうう》であった。あの少年を生かしておくことは、雪媛にとって危険である――それは、尚宇だけでなく潼雲も同様に感じていたことだった。

密かに愔寿暗殺を計画していた尚宇に、潼雲は手を貸した。

愔寿の急死を伝え聞いた雪媛は、愕然《がくぜん》とするばかりであった。尚宇も潼雲も、彼女には内密に事を進めたのだ。

それでも、雪媛は誰が手を下したのかをすぐに察したようだった。無言で尚宇と潼雲を見つめたが、問いただすこともせず、立派な葬儀を行うようにとだけ命《めい》を下した。

あれは、この国のために必要なことだった。

そして、正道を往《ゆ》く青嘉には、決してできないことだっただろう。

雪媛の治世において、闇の部分を担《にな》う。それが、尚宇と潼雲に共通した覚悟だった。

なんの罪もない子どもの命を奪ったことで、潼雲は己の母を殺した芙蓉のことを想った。

もはや、芙蓉を責める資格は、自分にはなかった。

それからである。折に触れ、芙蓉のもとを訪ねるようになった。

かつての主人、かつての想い人。そして、母の仇《かたき》。

った。

　何か不便はないか、公主は息災か、と戦場から戻る度に様子を見に行った。

　母子《おやこ》で暮らす別宮を訪ねる者は潼雲以外なく、二人は誰と交流することもなく、隠れるようにひっそりと暮らしていた。その存在はまるで、忘れ去られた旧王朝の遺物のようだった。

　時折、芙蓉からの要望があれば潼雲が便宜《べんぎ》を図ってやり、芙蓉はそのことに謝意を示した。二人の関係はもはや昔とは異なり、芙蓉は主人然として振る舞うこともなく、潼雲も諾々《だくだく》と従う使用人ではなかった。

　だからといって、すべてを忘れて友となれるはずもない。

　ただ、いつの間にか互いを、対等な相手と思うようになっていた。

　こんな日がやってくることなど、想像してもみなかった。母を殺した女。彼の忠誠を、恋慕《れんぼ》を、踏みにじった女だ。

　だが芙蓉の前では、己の罪深さに気後《きおく》れを感じる必要がない。それが、潼雲にとっては救いだった。

　一方で、ナスリーンへの想いには、固く蓋《ふた》をした。

（この血に汚れた手で、どうしてあいつを迎えに行ける？）

　あの春風に舞う花のような輝く存在に、触れる資格などないと思った。触れれば、彼女を汚《けが》してしまう。

自分のような人間は、彼女に相応しくない。

だが、五年ぶりに再会したナスリーンに潼雲の心は激しく揺れていた。

彼女を前にすると、決心が鈍《にぶ》る。だからシディヴァを迎えて行われる今日の狩りも、病と偽《いつわ》って欠席した。

そうして逃げるように旧主のもとへとやってきた彼に、芙蓉は言った。

「何かあったの、潼雲」

「いえ、別に」

「嘘おっしゃい。わかるわよ。――女でしょう」

「！」

「幼い頃からずっと一緒だったのよ。わかるわ、それくらい。わたくしが陛下の側室になると決まった時と、同じような顔して」

「…………」

「お前、自分みたいな人間ではその女に相応しくない、とか思っているんでしょう」

「え……」

やはり図星だったか、と芙蓉は肩を竦《すく》めた。

「相手がどんな女か知らないけれど、後悔しないようにすることね」

「……芙蓉様」

「私が、お前に偉そうなことを言える立場ではないけれど」

潼雲がここへ通うようになってしばらく経った頃、芙蓉は彼に、自身の罪を告白した。

彼の母の命を奪ったと語り、いかようにも罰してくれて構わないと頭《こうべ》を垂れた。

ただの使用人の息子。かつてはそう思っていたであろう潼雲に対して真摯《しんし》に謝罪し、深々と頭を下げた芙蓉に対し、彼は責めることをしなかった。

自分には、あなたを裁く資格などないのだ、と言って。

芙蓉は何か察したようだったが、それ以上詮索《せんさく》することはしなかった。

あれから互いにつかず離れず、不思議な関係が続いている。

だから、芙蓉が彼の動揺を見抜き、さらには助言までしてくるというこの状況に、潼雲は不意を衝《つ》かれたように言葉を失った。

潼雲が戸惑《とまど》っていると、彼の来訪を知って駆けてきた平朧公主《へいろうこうしゅ》が、嬉しそうに飛びついてきた。

「お父様！　いらっしゃい！」

十歳になった芙蓉の娘は、いつの頃からか潼雲を「お父様」と呼ぶ。

もちろん本当の父ではないと本人もわかっているのだが、いつも自分たちを気にかけてくれる唯一《ゆいいつ》の存在である彼を、敬意を込めて父と呼んでいるのだった。

「お父様、クルムのカガンがいらしてるって本当？」

「ええ、そうです」

「見てみたいわ！　本当に女の人なの？」

好奇心旺盛な公主は、潼雲にシディヴァの話をせがんだ。

幼い頃の芙蓉によく似た面差《おもざ》しの公主は、同時に、ナスリーンにも似ていると思った。

こうして面白い話を聞きたがるあたりなど、そっくりだ。

一通り面白おかしく語り終え、彼女を満足させたところで、潼雲は「そろそろ帰ります」と席を立った。

公主は残念そうな顔をしたが、彼の手を取って、

「また近いうちに来てね」

とねだった。

公主は潼雲を見送ろうと、手を繋いで門まで一緒についていく。その後に、芙蓉も続いた。

「では、俺はこれで」

扉を開く。

「またね、お父様」

公主がそう言って、手を放す。

撞雲はその瞬間、信じられないものを目にした。

金の髪が、ちかちかと光を放っている。

大きな青い瞳を見開いて、門の前にナスリーンが立っていた。

「……ナスリーン？」

撞雲は呆然と立ち尽くす。何故ここに、彼女がいるのだ。

ナスリーンはやがてわなわなと震えだし、そして唐突に、手にしていた包みを撞雲に向かって力いっぱい投げつけた。

反射的に、顔の前に飛んできたものを両手で受け止める。

顔を真っ赤にし、怒りをあらわにしたナスリーンは、

「最低！」

と叫んだと思うと、ぱっと身を翻《ひるがえ》して駆けていく。

「えっ、おい――」

何がなんだかわからず、撞雲は手にした包みを見下ろした。

そして、はっとする。

包みの中から現れたのは、かつて彼がナスリーンに贈った、あの耳飾りであった。

「撞雲さん、早く追いかけてください！」

東睿が慌《あわ》てて撞雲を促《うなが》した。

「え——いや、しかし」

「今のは、絶対お二人の関係を誤解しましたよ。早く！」

撞雲は迷った。

弁解などしてどうするのだ。もう諦《あきら》めると、決めたはずだった。

「馬鹿ね、早く行きなさい！」

そう言って背中をぱしりと叩いたのは、芙蓉だった。

撞雲は驚いて、彼女を振り返った。

「あの人なんでしょ、お前がずっと思い悩んでいた相手は」

「それは……」

「お前を受け入れるかどうか、決めるのは相手よ！　いいから、とにかく追いかけなさい！　だめだったら、愚痴くらい聞いてあげるわ！」

「芙蓉様……」

「ほら、早く！」

押し出されるようにして、撞雲はナスリーンの後を追った。

往来《おうらい》の先で揺れる輝く金の髪が、はっきりと彼女の存在を示している。

「——ナスリーン！」

撞雲は駆けながら声を上げるが、その金色の人影は振り返ることもなく、行き交う人ごみの中をすり抜けるように逃げ続けた。

「ナスリーン、待ってくれ！」

走り疲れたのか、ナスリーンはやがて息を切らして、ふらつく足を止めた。

追いついた潼雲が、逃すまいと彼女の手を摑み取る。

「放して！」

「ナスリーン、話を――」

「なによ、ふざけないでよ！　何年も音沙汰がないと思ったら、そういうこと！　子どもまで作ってるなんて！」

「ち、違う！」

「シディに言ってやるんだから！　あんたなんか、切り刻んでもらうんだから――！」

比喩《ひゆ》ではなく現実問題そうなりそうで、潼雲は若干ぞっとした。

「話を聞いてくれ、ナスリーン！」

「うう……」

ナスリーンの目から大粒の涙が零れ始め、潼雲はぎょっとした。

「な、泣くなよ」

「五年よ……五年も……ずっと……なのに、あんた全然、私を見ようとも……」

「……すまない」

「忘れられたのかと……思っ……」

「いつか、迎えに行くつもりだったんだ。俺が一人前になって、シディヴァ様も認めざるを得ないような将軍になって……だけど、俺のような男は、お前にふさわしくないと……」

「何それ……」

そっとナスリーンの涙を拭《ぬぐ》ってやる。青い瞳が、彼を見上げた。

潼雲はおもむろに、懐《ふところ》から取り出した包みを開いた。現れたのは、ひと房の金色の髪である。

「ずっと、大切にしていた。肌身離さず」

その髪を見て驚いた様子のナスリーンは、少しずつ泣き止《や》んできたようだった。

「でも……だって、じゃああの子はなんなの？　お父様って呼ばれていたじゃない！」

「あれは公主様だ！　瑞燕国霊帝の娘で、俺を慕《した》って父と呼んでくれているだけだ！」

「あの女は？　あそこに入り浸《いびた》ってるって聞いたわ！」

「入り浸るって……誰が言ったんだ、そんなこと！　あの人は俺の元主人で、昔からよく知っていて――それだけだ。やましいことなんか何もない！」

ふるふると震えながらも、ナスリーンは今聞いた内容をゆっくりと咀嚼《そしゃく》しているようだった。濡れた瞳はまだ少し揺らいでいたが、それでも徐々に落ち着きを取り戻してきたらしい。

潼雲は手を伸ばし、走って乱れた金の髪をそっと掻き上げてやる。

柔らかなその感触が指先から伝わってきて、胸の奥がぎゅっとなった。

それで、観念した。

「――悪かったよ、ナスリーン」

そう言って彼女を引き寄せ、自分の腕の中に収める。

その吐息《といき》を耳元に感じながら、潼雲は囁《ささや》いた。

「……この五年、お前のことを忘れたことなんかない。頼むから、それだけは信じてくれ」


潼雲を見送った芙蓉は、はぁ、とため息をついた。

「まったく、意気地がないんだから」

「お母様、お父様どうしたの？」

「……そのうち、祝いの品を用意しないといけなくなりそうね」

「？」

公主は首を傾《かし》げた。

芙蓉はふと、先ほど潼雲に声をかけた青年に目を向けた。

しげしげとその顔を眺める。何かが引っかかった。

「ねぇ、そこのあなた」

馬車に乗り込もうとしていた青年は、「はい？」と立ち止まる。

「どこかで、会ったことがあったかしら？」

青年は、さらりと笑った。

「いいえ？」

「そう……？　なんだか、見覚えがあるような」

「いやですね、奥様。そんな使い古された誘い文句、お使いにならないでください」

含みのある笑みを返され、芙蓉は一瞬わけがわからずぽかんとした。しかしやがて、はっとして頬を染めた。

「無礼者！　誰がそんな……！」

「あれっ、東睿君。こんなところで何してるの？」

そこへ通りかかった人物が、気易《きやす》げな調子で声をかけた。こちらも、彼と同年代の青年である。

「柏林《はくりん》。すごい荷物だね」

両手いっぱいの布地を抱《かか》えているその青年は、あはは、と笑う。

「買い過ぎちゃって」

「馬車に乗りなよ。送っていく」

「え、いいの？　助かる――」

柏林は芙蓉に気づくと、ぎくりとした様子で動きを止めた。

芙蓉は、並んだ二人の姿に奇妙な既視感《きしかん》を覚えた。しかしどんなに考えても、こんな男たちと知り合った覚えなどない。

「では、私たちは失礼します奥様。行こう、柏林」

「う、うん」

強張《こわば》った表情でちらちらとこちらを窺う柏林を、東睿が馬車へと促す。

芙蓉は去っていく彼らを乗せた馬車を不思議な心持ちのまま見送ると、娘を中へと誘《いざな》い、扉を閉じた。


狩りを終えた一行は、仕留めた獲物を囲んで酒を酌《く》み交わしていた。

雪媛は皆を労《ねぎら》いながら、その合間を歩き回っている。今日は瑯《ろう》とその息子の天祐《てんゆう》も参加していて、天祐が見事獲物を仕留めたのだと、大層嬉しそうに盛り上がっていた。

シディヴァは一人、彼らから離れた場所で酒を飲んでいた、そこへ江良がやってきて、隣に腰を下ろす。

「お見事でした。シディヴァ様の鹿が、今日一番の大物ですね」

「江良殿は、兎《うさぎ》一匹仕留められなかったとか」

江良は酒を注ぎながら苦笑した。

「はは、私はどうにもこういった武のたしなみには不調法で」

シディヴァは一瞬のうちに、手にした短剣の切っ先を彼の首に突きつけた。

護衛の兵士たちの死角になるよう、背後から密やかに押し当てられたその冷たい感触に、江良が一瞬息を止めるのがわかる。

「そんなことでは、己の身も、雪媛の身も、守れぬぞ」

「……そうですね」

そう言って、江良はにこりと微笑んだ。

「ですが私でも、身を挺《てい》して盾になることならできるでしょう」

恐れるそぶりもない江良に、シディヴァはにやりと笑った。

(思ったより、肝《きも》が据わっている)

ゆっくりと剣を引く。

江良はほっとしたように、自分の首筋を撫でた。

「雪媛は後宮《こうきゅう》にお前を閉じ込めているとか。もとは文官であったと聞いたが、それならば立身出世を望んでいただろう。籠《かご》の鳥で満足か?」

シディヴァの夫であるユスフは今も当たり前に戦に出るし、政《まつりごと》にも関与している。しかしこの国では、それが許されないらしい。

理解はできる、と思った。シディヴァ本人が軍事に携《たずさ》わり支配するクルムと、兵馬の権を他者に預けて動かすしかない雪媛とでは、事情が違う。

だからその話を聞いた時、雪媛が青嘉を選ばなかった理由がわかった気がした。

青嘉を狭い場所に閉じ込めておくことなど、まともな為政者であればできるはずがない。

「もちろん昔は、いずれ文官として最高の地位に昇り詰めたいと願っていました」

「男ならば、そうであろうな」

「ですが私にとって、それは目的ではなく、手段でした。己の望むものを実現するための手段。目的を果たすことができるなら、その手段は変わっても構いません」

「皇帝の伴侶となることが、新たな手段か？」

「私と同じ未来を見つめる御方を、支えることが、です」

江良は、卿と天祐の隣で笑っている雪媛を微笑ましそうに眺めた。

「シディヴァ様。明日、ご紹介したい者がいるのです。お時間をいただけますか？」

「誰だ？」

「医師です」

ぴくり、とシディヴァは杯を口に運ぼうとしていた手を止める。

「いつから、目が見えにくくなられたのですか？」

酔漢《すいかん》たちの笑い声が、急に遠ざかったように感じた。

シディヴァは、くいと酒を飲み下した。

「……一年ほど前だ」

時折、目が霞《かす》むようになった。やがて靄《もや》がかかったように、視界がぼやけることが増えた。

片目を失って以来、残ったこの左目を酷使し過ぎていたのだろう。だがこのことは誰にも言わず、気取《けど》られないよう注意を払ってきた。それが、江良に見破られるとは。

「何故、気づいた」

「昨日、酒を零された時におやと思いました。とても巧《たく》みに隠してらっしゃいましたが、よく気をつけて見ていると、時にあなたは目の前のものを上手《うま》く捉《とら》えることができていないように感じました。それに今日、卿が言っていました。矢を放つ際、あなたは獲物を見ていない。音と、気配と、それから経験によって射止めているようだ、と」

ふふ、とシディヴァは笑った。

「クルムでも、誰も気づいていないというのに……」

もしかしたら、ユスフあたりは気づいているかもしれない。それでも、何も言わない彼女を慮《おもんぱか》って、黙っていてくれているのかもしれなかった。

「医師にはお診《み》せになられましたか？」

「いいや。もう、どうにもならぬだろう。怪我《けが》をした者、弱い者、老いた者……そうした者は切り捨てられ、強い者が生き残る。それが草原の掟《おきて》だ。俺もそのさだめの中にいるというだけのこと。抗《あらが》うつもりはない。また強い者が現れて、草原を支配する」

できることなら、己の子がそうなる姿を見たかった。

シディヴァはユスフとの間に一男一女をもうけていた。だが彼らが成長するまで、この目は持つだろうか。

「だから、ナスリーン様を雪華国へ連れてきたのですか？　あなたのいなくなった国で彼女が辛《つら》い思いをしないように——潼雲に託そうと？」

シディヴァは答えなかった。

「その医師は西域で修業し、目に関する医術に長《た》けているのです。どうか一度、見立てをお受けください」

「弱みを握ったつもりか？」

「陛下にも、誰にも言ってはおりません。言うつもりもございません」

「…………」

「私は本当に、あなたに感謝しているのです、カガン。どうかこれからも、陛下のよき隣人であってほしい。それに……あなた目が失われれば、悲しむ方がいるのではありませんか。ナスリーン様もご夫君《ふくん》も、あなたが強いから、カガンだからと傍にいるわけではないでしょう。あなたという方を、大切に思っているはずです。その目に自分の姿が映らなくなってしまうと知れば、私と同じことを言うでしょう」

そこへ雪媛が、瓶子《へいし》を片手にやってきた。

「江良、皆が呼んでいるぞ。お前と顔を合わせる機会はあまりないから、久しぶりに一緒に飲みたいと」

「わかりました。シディヴァ様、失礼いたします」

江良のいた席に腰を下ろすと、雪媛は、

「二人で、何を話していたんだ？」

と尋ねた。

「軟弱な男かと思ったが……。お前は、いい夫を持ったようだ」

雪媛はくすりと笑う。

「そうだろう？」

「惚気《のろけ》か」

「江良は、私にとって必要な人間だ。彼がいるから、私は安心して前だけ向いて進んでいける」

それは、青嘉ではできなかったことなのだろう。

雪媛が江良に向ける眼差《まなざ》しは、青嘉に向けていた熱を含むそれとはまったく違うものに見える。それでもこの夫婦が強い信頼で結びついていることは、シディヴァにも十分感じ取れた。

「――明日、少し江良を借りるぞ」

「え？」

「少し鍛えてやることになった」

「……お手柔らかに頼む」

雪媛は複雑そうな顔をした。

「雪媛、子はたくさん作っておけよ」

「うん？」

「今は息子が一人だけだろう？　お前たちの子を俺の息子か娘の嫁か婿《むこ》にほしいから、とりあえず娘も息子ももっと産んでおけ」

「嫁か婿に？」

雪媛は可笑《おか》しそうに笑う。

「俺の後継ぎが男になるか女になるか、わからないからな」

「――確かに」

「お前は？　息子に跡を継がせるのか？」

「男だから、という理由で継がせるつもりはない」

そう言って、雪媛は微笑む。

「その点では、あなたという隣人がいると思うと、心強いな」

「……ふん」

「おや、あれは……」

雪媛が何かに気づき、小さく声を上げた。

潼雲とナスリーンが、手を携《たずさ》えてやってくるのが見えた。

ナスリーンの顔を彩るように、青い耳飾りがその両耳に揺れていた。潼雲は決死の覚悟を固めたような表情で、真っ直ぐにシディヴァをめがけて進んでくる。

「ふふ、どうやら二人の間で話はまとまったらしい。どうするシディ」

面白そうに笑う雪媛の横で、シディヴァはぼきぼきと拳を鳴らした。

一発くらいは殴ってやろう、と思う。

何しろ彼は、彼女のかけがえのない大事な妻を、永遠に攫《さら》っていく男なのだから。

【前巻までの登場人物】

玉瑛【ぎょくえい】……奴婢の少女。尹族であるがゆえに迫害され命を落とす。

柳雪媛【りゅうせつえん】……死んだはずの玉瑛の意識が入り込んだ人物。

秋海【しゅうかい】……雪媛の母。

芳明【ほうめい】……雪媛の侍女。かつては都一の芸妓だった美女。芸妓であった頃の名は彩虹。

天祐【てんゆう】……芳明の息子。

李尚宇【りしょうう】……代々柳家に仕える家出身の尹族の青年。雪媛の後押しで官吏となった。

金孟【きんもう】……豪商。雪媛によって皇宮との専売取引権を得た。

瑯【ろう】……山の中で鳥や狼たちと暮らしていた青年。雪媛の護衛となる。

柳原許【りゅうげんきょ】……雪媛の父の従兄弟。柳一族の主。

柳弼【りゅうひつ】……雪媛が後宮で寵を得るようになってから成りあがった一族のひとり。

丹子【たんし】……秋海に仕える女。

柳猛虎【りゅうもうこ】……尹族の青年。雪媛の従兄弟にして元婚約者。

鐸昊【たくこう】……柳家に長く仕えた武人。

王青嘉【おうせいか】……武門の家と名高い王家の次男。雪媛の護衛となる。

珠麗【しゅれい】……青嘉の亡き兄の妻。志宝の母。

王志宝【おうしほう】……青嘉の甥。珠麗の息子。

朱江良【しゅこうりょう】……青嘉の従兄弟。皇宮に出仕する文官

文熹富【ぶんきふ】……江良の友人で、吏部尚書の息子。

碧成【へきせい】……瑞燕国の皇太子。のちに皇帝に即位。

昌王【しょうおう】……碧成の異母兄で、先帝の長子。歴戦の将。

阿津王【あつおう】……碧成の異母兄で、先帝の次男。知略に秀でる。

環王【かんおう】……碧成の六つ年下の同母弟。

蘇高易【そこうえき】……瑞燕国の中書令で碧成最大の後ろ盾。碧成を皇帝へと押し上げた人物。

雨菲【うひ】……蘇高易の娘。

唐智鴻【とうちこう】……珠麗の従兄弟。芳明のかつての恋人で、天祐の父親。

茉苡【ふい】……智鴻の妻。

蝶凌【ちょうりょう】……智鴻の娘。

瑞季【ずいき】……智鴻の娘。

薛雀熙【せつじゃくき】……司法機関・大理事の次官、大理小卿。芙蓉に毒を盛った疑惑をかけられた雪媛を詮議した。唐智鴻とは科挙合格者の同期。

独芙蓉【どくふよう】……碧成の側室のひとり。

平隴【へいろう】……碧成と芙蓉の娘。瑞燕国公主。

独護堅【どくごけん】……芙蓉の父。瑞燕国の尚書令。

仁蟬【じんぜん】……独護堅の正妻。魯信の母。

詞陀【しだ】……芙蓉の母で独護堅の第二夫人。もとは独家に雇われた歌妓の一人。

独魯信【どくろしん】……護堅と仁蟬の息子。独家の長男。

独魯格【どくろかく】……護堅と詞陀の息子。独家の次男。

穆潼雲【ぼくどううん】……芙蓉の乳姉弟。もとの歴史では将来将軍となり青嘉を謀殺するはずだった男。

萬夏【ばんか】……潼雲の母親で、芙蓉の乳母。

凜惇【りんとん】……潼雲の妹。

曹婕妤【そうしょうよ】……碧成の側室。芙蓉派の一人。

許美人【きょびじん】……碧成の側室。芙蓉派の一人。

安純霞【あんじゅんか】……碧成の最初の皇后。

安得泉【あんとくせん】……純霞の父。没落した旧名家の当主。

安梅儀【あんばいぎ】……純霞の姉。

葉永祥【ようえいしょう】……弱冠十七歳にして史上最年少で科挙に合格した天才。純霞の幼馴染み。

愛珍【あいちん】……純霞と永祥の娘。

浣絽【かんりょ】……純霞の侍女。

司飛蓮【しひれん】……司家の長男。

司飛龍【しひりゅう】……飛蓮の双子の弟。兄の身代わりとなって処刑された。

司胤闕【しいんけつ】……飛蓮と飛龍の父。朝廷の高官だったが、冤罪で流刑に処され病死した。

曲律真【きょくりっしん】……豪商・曲家の一人息子。飛蓮の友人。

京【きょう】……律真の母。唐智鴻の姉。

呉月怜【ごげつれい】……美麗な女形役者。司飛蓮の仮の姿。

夏柏林【かはくりん】……月怜がいる一座の衣装係の少年。

呂檀【りょだん】……年若い女形役者。飛連を目障りに思っている。

黄楊殷【おうよういん】……もとの歴史で玉瑛の所有者だった、胡州を治める貴族。

黄楊慶【おうようけい】……楊殷の息子。眉目秀麗な青年。

黄花凰【おうかおう】……楊殷の娘。楊慶の妹。

黄楊戒【おうようかい】……黄楊殷の父親。

円恵【えんけい】……楊戒の妻。楊殷の母。

黄楊才【おうようさい】……楊戒の弟。息子は楊炎《ようえん》。

洪【こう】将軍……青嘉の父の長年の親友。

洪光庭【こうこうてい】……洪将軍の息子。青嘉とは昔からの顔馴染み。

周才人【しゅうさいじん】……後宮に入って間もない、年若い妃の一人。

濤花【とうか】……妓楼の妓女。江良の顔馴染み。

玄桃【げんとう】……妓楼の妓女。江良の顔馴染み。

陳眉娘【ちんびじょう】……反州に流刑にされた雪媛の身の回りの世話をした少女。

姜燗流【きょうかんる】……反州に流刑にされた雪媛を監視していた兵士。

嬌嬌【きょうきょう】……眉娘の従姉妹。

孔東睿【こうとうえい】……燦国出身の少年。衛国公主の身代わりとして女装して輿入れし、瑞燕国の皇后として振る舞う。

衛国【えいこく】公主……燦国の公主。恋人と駆け落ちして行方不明。

白柔蕾【はくじゅうらい】……後宮の妃のひとり。後宮入りしたばかりの雪媛の隣部屋に暮らす。位は才人。

白冠希【はくかんき】……柔蕾の弟。

富豆冰【ふとうひょう】……後宮の妃のひとり。父親の地位をかさに高慢なところがある。位は美人。

鷗頌【おうしょう】……後宮入りしたばかりの雪媛に仕えた宮女。

美貴妃／風淑妃／佟徳妃／路賢妃……雪媛が後宮入りしたばかりの頃、皇后に次ぐ位につき後宮で絶大な権力を握っていた四妃。

シディヴァ……瑞燕国北方を支配する遊牧民クルムの左賢王（皇太子）。
ユスフ……シディヴァの右腕であり夫。
オチル……クルムのカガン（皇帝）。シディヴァの父。
ツェツェグ……オチルの妃。シディヴァの異母弟アルトゥの母。
アルトゥ……シディヴァの異母弟。
タルカン……クルムの右賢王。オチルの弟。
ナスリーン……オアシス都市タンギラの王女。自称シディヴァの妻。
イマンガリ……オアシス都市タンギラの王。ナスリーンの父。
ツェレン……シディヴァに仕える巫覡。
バル……シディヴァ親衛隊所属の腕利き。
ムンバト……シディヴァ親衛隊の見習いの少年。
バータル……クルムの部族長のひとり。早くからシディヴァ支持を表明している。
モドゥ……オチルに仕える巫覡。
ネジャット……奴隷となった雪媛を買った大富豪。

彭廸【ほうてき】……朔辰国の将軍。もとの歴史では青嘉の好敵手であり、彼の顔に傷をつけるはずだった男。

愔寿【あんじゅ】……瑞燕国の新たな幼帝。

※この作品はフィクションです。実在の人物・団体・事件などにはいっさい関係ありません。

集英社オレンジ文庫をお買い上げいただき、ありがとうございます。
ご意見・ご感想をお待ちしております。

●あて先
〒101-8050　東京都千代田区一ツ橋2-5-10
集英社オレンジ文庫編集部 気付
白洲　梓先生

集英社
オレンジ文庫

威風堂々悪女 13

2023年9月24日　第1刷発行

著　者　白洲　梓
発行者　今井孝昭
発行所　株式会社集英社
〒101-8050東京都千代田区一ツ橋2-5-10
電話【編集部】03-3230-6352
【読者係】03-3230-6080
【販売部】03-3230-6393（書店専用）
印刷所　大日本印刷株式会社

ISBN 978-4-08-680519-3 C0193

悪女
【漫画】蔀シャロン
【原作】白洲梓
雪媛が、
改めて歓迎する
王青嘉
私が柳雪媛だ
青嘉が、
どうしてこうなるんだ…
のっさ
ここは足場が悪いからな
適当に寺まで歩け
のっさ
で好評配信中！

小田菜摘

珠華杏林医治伝

乙女の大志は未来を癒す

女性が医者になれない莉国。
医療知識のある平民の少女・珠里に
皇太后を診察するよう勅命が下った。
過剰な貞淑を求める「婦道」の思想から
男性医官の診察を拒む皇太后の病とは!?